ものかげの雨

高倉やえ

KADOKAWA

目次

カバー画　©Bridgeman Images／amanaimages
扉　画　山本道子「僕を探して（アラスカ）」
装　丁　大武尚貴

ものかげの雨

郵便受けから半分ずれ落ちかけている広告やＤＭの類をすくい上げ、取りまとめて玄関に向かったひろみは、ぽつんと額に雨粒を感じた。見上げると朝から灰色だった雲が重く低く屋根を圧し、槙《まき》や柘植《つげ》も暗くなっている。と、見る間にぼたぼたと、いちばん上に重ねていた白い封書に大粒の水の跡が散った。ひろみは郵便物の束を胸に抱えて駆けた。

居間の窓際のテーブルに抱えていた紙束を置いてひろみは簡単に髪を拭った。突然降り出すとは思いもかけなかった。すでに雨音ははげしくなり、ベランダのタイルに水が跳ねている。二間ほど先の椿や満天星《どうだん》までがけぶり始めた。田園都市線沿線の住宅街は新興地とはいえ、すでに数十年を経た木々が隣家を隠し、水のカーテンに隔てられると、ここは一瞬外界から孤立してしまったかのような感があった。

雨粒のかかった封書以外はつまらぬものばかりだった。電話会社の新サービスの紹介、カード会社のイベント案内、デパートの内覧会、新車発売の案内、さらに仕出し屋の開店案内、各種請求書など。ひろみは請求書をテーブルの一方にまとめ、それ以外はくずかごに落として封書を取り上げた。

「山辺タツ子」と書かれた差出人に心当たりはなかった。その名前をひろみはしばらく眺めた。住所は葛飾区となっている。表書きは稚拙な字ながら、ひろみ宛であることは間違いなかった。ひろみは九州の有田で育ち、東京の大学を出て結婚し、以来東京住まいである。大学の同窓はもちろん、故郷の小学校、中学、高校時代の友人の名前を考えた。思い当たるふしがない。昔の教師、習い事の師匠や仲間、果ては近所の女たち、昔、家にいた使用人など、辿ってみたが心当たりはない。

封書である。メールではない。開けただけで料金を請求されたり、ウィルスに感染することもないだろう。ひろみは鋏を取り上げた。

ありふれた便箋二枚にびっしりと字が詰まっていた。宛名同様、稚拙としか言いようのない字が並ぶ。

「ひろみさん」と書き出す前の余白にあとで足したのか、「漢字忘れてごめんなさいね。字も汚いし、間違い字ありのてがみです」とある。


ご無さたのあととつぜんすみませんが真吾さまにはお世話になりました。

高年令で物事を五分もたつかたたないかで忘れ、なにをたのんでもぜんぜん役立たずになってしまいました。七十五才ともなれば、無理もないとは思いますが、私も世の人々の同年令者（何事にも比べて劣ってますので）、そんなわけで世間並の「つきあい」も支払いも油断すればできかねております。

そんでも年金毎に真吾さまの建ててくださった家に住まわせてもらった者として最低でも、余りにもおそすぎますが、払わせてもらい度《タク》思います。

母マツの強度の神経症のため私もキオクソーシツとなり果てて五十年ぐらいはなります。でも母が修《オサ》めきれなかった少々家賃程度のものでも「おくればせ」にでも出きるだけですけど払わせていただくつもりです。

で私の申しでは二ケ月毎に二万ぐらいの支払いとさせてくださいね。


真吾とはひろみの祖父である。ひろみの先祖は代々佐賀県有田に広い田畑と山林を所有して住みついていた。戦争が激しくなるころ小学校に入ったひろみは、真吾が屋敷に訪ねてきた小作人と会ったり、男衆を一人連れて山林の調査に出かけるため家を空けていたのを憶えている。

封筒を確かめると同じ便箋の紙に包んだ一万円札が二枚入っていた。

ひろみは外に眼をやった。雨のスクリーンの後ろに揺れる槙の緑の中に、ほの白い輪郭が浮かび上がってきた。上目遣いに真吾を見上げていた大きな目の白い顔。気が利かないとマツに怒鳴られ、ガキ仲間に追い回されていた子供。近所の人の冷たい目を振り切るように小走りに裁縫学校へ通う娘。

そのような人がいた。確かにタッ子といった。あの人だったのだ。初めて会ったのは真吾について波佐見の粗末な借家を回ったときで、次は生家の別棟だったひい婆さまのしなの家の土間で見かけた。確か十歳ほど年上だった。その後、法事の席などで、結婚した相手の身元も分からぬとか職を求めて東京に出たとか、子供がいるなどと聞こえてくることはあった。しかし、会うこともなく、タッ子の記憶はひろみの頭から消え去っていた。

今ごろなぜこのような手紙をしかもお金と一緒に送ってきたのか。タッ子が母のマツとともに真吾の貸家にいたのは事実である。支払いが滞ることもあったかもしれない。タッ子の父は見たこともない。以前の印象ではタッ子の生活はおよそ余裕とは程遠いものだったが、その後、生活も安定してかつての借りが気になり始めたのだろうか。

借りがあるにしても、真吾相手のものであり、しかも半世紀以上前の話である。なんと義理堅い人だろう。記憶ではタッ子は母マツを嫌っていた。マツに向けるタッ子の眼差しには憎悪すら宿り、誰より母が好きだったひろみには、タッ子がマツに見せる表情は不可解を通り越して恐怖であった。そのマツの残した借りを返したいと言うのは、母の心残りを払拭しようというのだろうか。なんと親思いなのであろう。のちに母と和解したのかもしれない。

出会いも数回、顔もおぼろなタッ子はどのような人生を送ったのか。色白の穏やかな老婆になっているのだろうか。

雨のスクリーンの中のタッ子は、優しく微笑んでいるようだった。

とりあえず返事を出さねばとひろみは思った。何よりお金を受け取るわけにはいかない。家賃を滞納したかもしれないが、マツが借りたものであり、祖父が取り立てなかったものを自分が受け取る理由がない。さらに手紙の文章を見れば、楽な生活をしているとは思えない。義理堅い、親思いの人が生活費を割いて親の借金を返そうというのであれば、ますます受け取るわけにはいかない。さっそくひろみは返事を出した。

手紙は受け取った、真吾とマツに対する気持ちには感銘を受けるが、祖父の時代のことであり、自分がお金を受け取るわけにはいかないと書いた。読み直してみると、文面はいかにも愛想がないようにも感じられた。父母は亡くなったが、夫は元気、子供は三人、無事に育っていると書き足した。これでタツ子も安心してくれるだろう。お金は包みのまま共に封筒に入れた。知らない過去を垣間見た一瞬も、封筒を赤いポストに入れたときに消えた。

数日して晴れた日に、頼りないほど薄い茶封筒が見覚えのある手で届いた。宛先には、ひろみの名の隣に夫の名も書かれてある。中には、手紙と一緒にこの間ひろみが送り返したお札が便箋に包まれたまま端を覗かせて透けて見えた。便箋の余白には、「字がまずくてもうしわけないです。字のきたないのは手先のしびれにて、またかんじは忘れ、じてん見るのもたいへんです」と書かれてある。

てがみだけでのやりとりでは永い間のいきさつ、私の方のふしまつはあからさまには話し合いできませんが、波佐見では真吾さまに大きな眼でにらまれてきましたので、今、よくよく考えると「にらまれる」理由があって、人生も終わりに近づき自分にも至らない点があったからこそ叱られたのであろうと思います。母マツが世話になった人々に少しでも「お礼心をみせて」この世を終わりたいのです。

私が反発して逆らったとお思いでないようにお互いのため角を立たないようにご主人様にもよろしくおとりなし願います。

最後の結びは太芯の鉛筆に変わっていた。

困ったことになったとひろみは思った。もう音信はないだろうと考えていた。「ふしまつ」とは何だろう。「あからさまに」とは「率直に」という意味だろうか。

いずれにしても夫に伝えるつもりはなかった。自分の実家の問題である。タツ子の手紙で別に気を悪くしたわけではない。夫のとりなしなど必要ない。それにしてもタツ子がどんな人か、人だったか皆目見当がつかない。理は述べて断ったのに、また送ってきたのはよほど受け取ってもらうことに執心しているのだろう。また送り返してはタツ子を傷つけるかもしれない。当人が「角」を立てぬようにと言っている。かといって、ひろみとしてはお金は受け取る理由がない。

天気を幸いにひろみはすぐに渋谷に出かけて、デパートに入った。役に立つ日用品をと考えた。タツ子が一人で生活しているということもなかろうと、二枚セットで二万円の毛布を選んだ。ありがたく志は受け取った、こちらも気持ちを送るので使ってほしいとの手紙を添えてタツ子に送った。

売り場にまばらな人を見ながら、自分のように祖父の時代の後始末をしている人はいるのだろうかと思った。全く関知しない五十年以上前の、真吾に対するタツ子の感情が生きて、現に自分を動かしていることが漠然と感じられた。店員が慣れた手つきで送り状を小さな封筒に入れて差し出したとき、ひろみは何か正体の判《わか》らぬタツ子の情念がふっと体に降りかかるような感覚に捕らわれた。

桜新町駅は帰宅する人々の群れでざわめいていた。駅に続く桜並木の新芽の照り返しを浴びて歩いているうち、五十年前の話は今の生活とは無関係、この世のほかと思われてきた。

一か月は瞬く間に過ぎ、木蓮のつぼみを数えるころ、「川口ひろみさま」と書かれた茶封筒が届いた。

「ひろみさんえ」と始まる手紙は、「骨の加減で手先に力が入らず、まずい字で失礼します」と今度も余白に書いてあった。

大学を出、夫はエリート、金に苦労する貴女でもない。御主人を助け都会で日々はげんでいられるゆうことない人生です。三人もの子供を育て、立派で、人からとやかく云われるようなことは何もない。一方、私は母マツが真吾さまに住まわせてもらっていた外面だけでもその礼金としていくらかのことをしていれば、小さいときからじいさまににらまれて苦口云われずにすんで、恐ろしい人だと思わないでよかったと思います。私には母マツが年中云っていたように一円の働きもないのですので、母に代わって礼金というか、家賃の半ガクでも私が払っていたならば真吾さまを恐ろしいと思わないですんだだろうと今考えます。

私は、マツに、弟と、いつもいつも二人前叱られて、並一通りの親とは話にならないくらい、なにもできないし銭稼ぎもできないため、鬼のように恨んでました。ほんとはそうでなくて、こんな風でなく、こうすれば何事もよく出来るよ、といってくれれば、私も数え十二才で、記憶そう失のいまわしい病気も、くびの（るいれき）もなかったと思います。母マツは裁縫などは少しできるものの、家事はせんたく、スイ事は全くできない人で、子供の養育もままならず、子供の私も礼儀を知らず、最初から真吾さまににらまれる理由有りでした。私はいつもいつもがあがあマツから云われて頭も変になりました。友達の父がお宅の裏道で云われた、「自分の食べる米は、自分で作れ、裁縫けいこにいくなんて」と云われたのは、真吾さまに代わって云われたものと思います。

こうゆうりゆうで食べ物を作るひとなく、マツはどこかへ消えてしまい、ご隠居のしなばばしゃんの所で飯の残りをもらっていたところ真吾さまに厳しくにらまれました。マツには金をやっているのにしなの米を食うとは、真吾さまにしてみれば「許される事」ではなかったのだと思います。

さらにマツは、体の養生、自活をしていかねばならず、可哀そうでも離婚のハメとなり、再びだれとでも仲良く生活を得る人ならば、又、四十才で全く駄目な体を養生するに、故郷に帰ったけれど、又、体をこわしてましたので、再び自分の生まれ家ちかくにかえってきたもののひどい神経症の為ヒガイモウソウ的頭になりました。親、兄弟、近所の人も交際しなくなり私にはお邦さんへの恨み（夫を取られた）、私の何にも仕事出来ないことをも合わせ、眠っている外には波佐見に移ってからは、すごい（うらみ）方で、自分の（べん解）を今更にしたとて、誰も信用しないでせうが、うそで固めた身の上に不安とマツの云うことへの恐ろしさに日夜なやみ、十二才（数え）位から記憶そう失となり勉強習ったのさえ、わすれ果てた有様の私でしたので世間一般の事など耳に入らぬ、ようになり、貴女にもあのような事書き送りご迷惑をかけました。

わびてすむことでは、ありませんが、私の想いの一端を述べて、ゆるしていただき度と思います。

二度読み返したが、ひろみが理解したのは、タツ子が自身を不幸だと思っているということだけであった。マツと話したこともなく、ましてやその婚姻関係も知らない。大伯母が昔、「あれはだらしなくてね。男を変えるし、親戚の恥さらしよ」と語っていたのを記憶している。

タツ子は幼い日、自分を睨《にら》んだ真吾とその一因をつくった母親を恨み、自身言うようにその気持ちを手紙で吐露している。しかし、なぜマツと親しくもなかった自分に仔細を聞いてほしいのだろう。この間送った毛布については、受け取ったとも取らないともなかった。

紅白二本並んだハナミズキが蝶が舞うような花をつけた日々も長く続かず、湿気が深く空気を包むようになった。

梅雨のはしりのような糠雨が降った午後、ひろみはまたタツ子の手紙を受け取った。「誰なの？　下手な字だね」と夫はひろみに封筒を渡すと着替えに部屋に消えた。傘を差さないで車から降りた夫が、郵便物を頭にかざしたためか封筒は霧を吹いたように湿っていた。花を描いたベージュ色の封筒に、やはり「川口ひろみさま」とあり、左下に「御前に」と書き添えられていた。

この間の手紙で意を尽くせぬことがあったのだろうかと、封筒を開いて便箋を取り出しながらひろみは驚きと失望を感じた。また便箋に包んだ一万円があった。確かに初めて受けた手紙に毎月一万円を送りたいと書いてあった。毛布を送って送金の件は解消了承ずみと安心していたのである。

手紙は余白に、いつもどおり「骨の加減で手先にも力が入らず、まずい字で失礼します」と始まっていた。

私が先き頃の便りに、エリートさん方などと申しました（貴女のことを）のは私のあまりにみじめな生い立ちのせいです。

そして、そんな生まれなくてよいのに、生まれてしまったせいか、生活の豊かな人々とは、縁を結び度とは、自身考えられなくなりました。

その点、あなたはしっかりした父と母、きびしい祖父母の待ち望んだ子供としてこの上なく可愛く、すこやかな成長をたのしまれたと、思います。立場が違えば、人の「あつかい」も、おのずと変わります。そしてあなたの生まれつき、おとなしい性格も関係していると思います。母マツのお世話になった人々に、少しでもお礼心を見せてこの世を終わり度く考える今日この頃です。今のところはこれだけ知ってもらいたくてペンをとりました。

何をタツ子は言いたいのだろうとひろみは思った。親が残した支払いを済ませる理由には複雑なものがあると言いたいのだろうか。

小糠雨が執拗に続いていた。泰山木の白い花が風で傷ついて茶色の縞をつけ、根元の紫の紫陽花が鞠《まり》のように輝いていた。有田での幼い日の記憶は霧のかなたのようにおぼろで、祖父母はもちろん、父母もとうに亡くなったいま、タツ子はひろみの知らない世界をなぜ繰り広げて見せようとするのか。タツ子は何を訴えたいのか。緑の霧の中に、白くあるいは紫に霞む影をひろみは放心したように眺めていた。

祖父真吾は黒田藩の郷士、倉田家の五子だった。長兄福太郎は道楽者で、京大阪、長崎を訪ね、有田の遊郭で家の財産を費消した。夜中に酔っての帰り、所有の田畑の前を通ると立ち止まっては手を打ち、後ろについてきた商人にその言い値で売り渡していたと、ひろみは大伯母の昔語りに聞いたことがある。

福太郎は若くして亡くなった。次兄新次郎は長崎に出、分けてもらった財産を元手に商売を始め、地元の名家の娘をもらった信用で成功していた。長女、次女は嫁ぎ、三男の真吾が家を継いだ。真吾は真面目に家作を管理し、田畑を買い戻し、再び地元の有力者としての体裁を整えた。妻さきとの間に子がなかったので、子福者であった長崎の次兄新次郎に男の子を一人くれるよう頼んだが、「本家の財産番に男の子はやれぬ、女子ならば」と言われて、三女さとをもらい、旧藩の家老の三男で中学校の教師をしていた真面目一方の春永と結婚させて夫婦養子とした。ひろみは、さとと春永夫婦の一人娘である。

長兄福太郎には子がいなかった。隣郷の大家の娘をもらったが、福太郎の道楽に腹を立て、実家に帰ってしまったのである。後妻同然だった女との間に娘といわれる者がいて、その娘が「ぐうたら」と結婚して朝鮮に渡り、のちに子を連れて故郷に帰ってきた。その子がタツ子である。福太郎の血を継いでいるのが確かなら、タツ子はひろみの又従姉妹ということになる。

そのあたりまでは法事などの折りに大伯母から聞いていた。親戚の中では福太郎の娘マツも、その子のタツ子も一族と認めたい者はなく、二人はいささかの軽蔑の響きで噂されるばかりで、ひろみの日常には何の関わりもない人々だった。

庭一面に広がる緑の湿気を見つめながらひろみはタツ子の思い出を拾おうとしていた。

真吾は家を立て直す一方で、一族や小作の面倒も見ていた。ひろみの記憶にあるのは、焼き物の産地として賑わっていた波佐見にある借家でタツ子に会ったことである。何も知らず真吾に連れられて行ったひろみは、たまたまタツ子に会った。今思えば真吾は住まいのないマツに貸家を使わせていたのである。「ぐうたら」な夫とマツは、長崎で成功した叔父の所有していた朝鮮の土地で働くつもりで海を渡ったのかもしれない。病を得て故郷に帰り、夫とは女関係その他で共に暮らさず、親戚に蔑《さげす》まれ、職もなく貧しかったのだろう。真吾はマツに米を渡し、タツ子を裁縫学校に通わせた。その負い目からタツ子は真吾に「睨まれている」と考えたのだろう。

ひろみの知るかぎり、真吾はものの分かった人だった。家を立て直したくらいだから甘くはなかっただろうが、農地改革で田畑を失ったときも、小作の誰一人真吾を悪く言う者はなく、「お世話になっとるのじゃけん」と相変わらず作物を届けたり挨拶に来ていた。遠い親戚の女が困っていれば空いている家に住まわせることぐらいしただろう。タツ子はそれを屈辱に感じ、またいつもマツに当たられていたので、母への恨みも合わさり、真吾に睨まれたとか叱られたとか感じたのではないだろうか。

真吾の母、しな婆さまのところでタツ子がご飯をもらった話にしても、マツに米を炊いてもらえない子供が来ればしなも残り飯ぐらい与えただろうし、たまたま立ち寄った真吾もただタツ子に目をくれただけなのではなかったか。別に米をやっているのにしなのところへ来て食べるとは怪しからぬとまで真吾が睨んだとは思えない。タツ子の真吾への怖れが睨まれたという想いになったのではないか。真吾はいかつい顔で愛想がなく、ただでさえ怖い印象だった。

この一万円をどうしようかと考え、ひろみはお米券を返すことを思いついた。都会育ちには気の利かないものかもしれないが、幼いときに見はるかす稲穂の中で育った者には何より大事な作物である。必需品であり、すぐに傷むものでもない。さっそくひろみは米屋に電話をして一万円分の券を注文した。綺麗な包みにしてほしいと頼むと、「券そのものが綺麗ですよ」と米屋は言った。それでもリボンをつけ、送ってもらうことにした。

ほっとして居間の椅子に座り、やみそうにない雨をひろみはまた眺めた。テーブルの上に封筒に戻した手紙が載っている。

立場が変われば人の扱いも違うとタツ子は書いていた。「私のあまりにみじめな生い立ち」と「この上なく可愛く、すこやかな成長」という言葉が誰を対比しているかは明らかだった。マツの借りを返すという話が、なぜタツ子とひろみの二人の対比になったのだろう。

ひろみは、過去に不幸な目にあった魂がその恨みを晴らすため、幸福な自分に取りつこうとしているような気がしてきた。自分の与《あずか》り知らぬことについて、知らないことを理由に恨みの対象から免れさせはしないと、世の存在する不幸が決心しているようだった。

糠雨のかげに子供のころの情景がまた浮かんできた。近所の少年たちがひろみにちょっかいを出そうものなら、真吾が「うちの孫を何とする！」とものすごい剣幕で駆けつけるのであった。事実、ひろみは本家の跡取りであり、村の実力者真吾の大事な孫娘だった。近所でも親類内でもひろみの言うことは何でも通った。母さとと父春永はひろみを躾《しつ》けようとしたが真吾への遠慮からどうしても生ぬるくなった。ひろみの我儘はいつも通った。「ひろさんは何を言っても聞きなさらん」とかっかさんと呼ばれていた乳母も匙を投げていた。

確かにタツ子が言うように、本家の跡取りと、縁戚らしいとは言っても半ば流れ者同然の者では人々の扱いが違う。しかしひろみはおとなしい性格であったので、育ちから我儘にはなったが、一方誰にも大事にされると信じていたので、誰に対しても素直で優しくもあった。どんなボロを着た村の子供も見下しはしなかったし、近寄ってくれれば遊んだ。高校、さらに東京の大学と進むうち、世間に出れば自分がただの田舎娘にすぎないことは悟るものである。身の程に合った言動にすぐに転換した。誰に注目も干渉もされない都会の生活は、自由で平等で気楽であった。結婚して東京に住み、子供を育て、親も失うなかで故郷とともに身分感覚も失せた。人はすべて平等に好きな道を歩くのが当然と、生まれたときから考えていたような気でいた。

しかし、タツ子はまだ昔のままに自分が本家の跡取りであり、祖父の「遺産」を引き継いでいると思っているのだろうか。恩と、恩を受けざるを得なかったことに対する反発に悩まされているのだろうか。

梅雨も明けたころ、黄色の封筒に入れられた手紙がタツ子から届いた。


お母さんの七回忌もちかいひろみさんえ。

不良の私が申すのも変ですが、きびしい養父、養母によく（つかえて）何のトラブルも起こす事なく来られた人ですから、とても見事です。

貴女が生まれられたあとだったと思いますが、青い顔して、庭に「モミ」を乾かして有るのをならしていられた事が有りました。私は前を通りながら、あんなに具合悪そうなのに働いてと、しみじみ感じました。

人に依ってはあの位の用事というかも知れませんが、広い家の中の掃除、外回り、田畑の手入れ等、使用人をかかえ、又、親類えの（つきあい）も有り（ソツ）なくこなすには、休む暇とてなかったのではないかと思います。

それなのに病気も見つかりにくい所で苦しみの限りであったと思います。でもとりついた場所がわるかったのですね。お父さんを亡くされたのつらいでしょうが母親に亡くなられた娘の悲しみは格別のものと思います。どうも仕様がなかったんだと思います。これ以上ない位に医療をつくされたでせうに、娘さんのなげきは一方ならぬものだつたと思います。

お父さんの「嘆き」も悲しみも解るけど、母親に亡くなられた娘の悲しみは格別のものと思います。この上は仏様を大切にするより外ありませんね。早く悲しみから遠ざかってゆかれるように、願います。

字がきたないのは手先のしびれにて

どこで父母の消息を聞いたのだろうとひろみは唖然とした。確かに母の七回忌は近く、ひろみは有田に帰る準備を始めようとしていたところだった。夫婦者に家作を一軒渡して母屋の掃除や寺とのつきあいを頼んでいるが、のんびりした管理人でいちいち指示しないと動かない。寺に挨拶と読経の依頼、墓の掃除を今朝電話で指示したところだった。

確かに母は祖父母に従順だった。おとなしくよく働いた。しかしひろみの記憶では、祖父母も母を大事にしていた。姪であり跡取り娘を産んでいる。農家では大家であっても、嫁はみな忙しかったのだ。ひろみには母の不幸は祖父母ではなく、父にあったような気がする。

父は見込まれた通りひたすら堅物であった。藩が消えたあとの藩士は、師範学校を出て中学の教師になり、倉田家に入るとひたすら家産を守ることを任務と心得た。元武士の一徹、名誉にかけて質素倹約を旨とし、自分の代で倉田家の財産を減じさせなかったことを誇りとした。

真吾が亡くなり、多少蓄積ができたとき、古くなった仏壇を五百万円で新調し盛大に先祖の法会を行い、菩提寺にお布施をした。禄を離れた貧乏士族はそれで満足だったかもしれないが、豊かな新次郎の家庭で育った母には面白くも楽しくもない夫だった。それでもおとなしい母さとは夫に従った。ひろみにさとは、「爺さまが生きていらしたら婿を取らねばならなかったろう。よかったね」と言い、同級生とのつきあいを認めてくれた。父は、ひろみの息子を倉田家に跡取りとして返すことを条件に、ひろみの結婚を認めた。

父を見送った母が長生きして自分たち夫婦と住み、今の世の自由を多少でも享受してほしいとひろみは願っていたが、運命は冷たかった。母はすい臓癌にかかり、ひろみの夫が病院の特別室を手配してホスピスに近い治療をしたが、高熱で苦しみ父に先立って亡くなった。父も間もなく母の後を追った。

タツ子が父母に同情的なのは、真吾とさきに対する反感の裏返しでもあろう。ただ、父母二人の最期や死亡の年までどうして知っているのだろう。それほどまでに関心を寄せていることが腑に落ちない。さらに考えてみれば、どうして夫の名と住所を知ったのであろう。倉田の親類でつきあいがあるのは母の実家の新次郎家の叔母たちくらい、そうして叔母たちはタツ子とは一切つきあいがないはずである。

追いかけるように次の日に白い封書がきた。中に薄い便箋が一枚入っていた。余白には、

「外の方々にも今後おつきあい出来かねる事をお便り申しあげました」と丁寧に書かれている。

私事、（ふがい）なく、心臓に重大な病気が重なり、困りおる所です。
私もこんなに病を背おっておるとは思わず、母マツのお宅様に差し出すべき金の万分の一でもと思いまして、差しあげると、申しましたが、心ぞうばかりでも三つもの病気ありで、家事もできず、毎日手伝いしてもらっている有様では、とてもとても出きませず心苦しいのですがおわび申しあげます。東京に来た直後三十年位、体調悪く、今七十五才ともなりどうにもならない体とて、仕方ないとあきらめましたが、そちらさまに約束した分の金ができません事をおわびですむことではありませんが、「ない袖は振れぬ」のたとえの通りですので、どうぞおゆるし願います。「心ぞう肥大」では何にもむりできませず、わび状書くはめとなりました。あしからずおゆるし願います。

読み終えてひろみはほっとした。これでもう送金はないだろう。そう考える一方、楽な生活をしているとは思えないタツ子が心臓病を患って苦労しているのが察せられた。面倒を見てくれる子供はいるのだろうか。心臓では治療費もかさむのではないだろうか。昨日母のことを書いてくれたのが暖かく残っている。今のタツ子は、母が亡くなった年より高齢なので病も苦しいだろう。

何か見舞いをしたいと思ったが、また込み入った礼状でももらうと気が重いと手紙だけ出すよう考え直した。心臓の病気が早く快癒されるよう祈っている。父春永が祖父真吾の永代供養を高野山に依頼していたが、その五十年目が今年である。これで祖父も仏様となる。これまで祀り続けてきたように、これからも仏様は祀っていくので真吾への借りは心配しないでほしい。おマツさんもそのほかすべての人がみな、仏様として仲良く極楽にいるに違いない。借りの何のと言うのはこの世のこと、仏様は笑っておられるだろう。タツ子もわずらわしいことは忘れてくれぐれも体を労《いたわ》ってほしい。そう書いて投函した。

有田の空は高く青かった。実った稲の上を赤とんぼが流れていた。とうに実家の手を離れた田でも見事な狐色は心に染みた。茎から葉、穂の下から上へと微妙に陰影を変えながら遠くの里山まで続く茶色の原は、夕陽のもと、緩やかに風にうねって輝きを変え、さながら錦を広げたようであった。田の所有者の家々は建て替えられて、それぞれが数台の車を駐め、佐賀平野の豊かさが身に沁みた。

実家は幼いときの思い出そのままであった。槙も楠も松も柘植も幹はますます太く、あるものは瘤を増やしていた。管理人が開けておいた戸を入ると母が迎えてくれるような気がし、「おお、ひろみか」と遠くから真吾の声も響いてくるようだった。

父が調えた仏壇に手を合わせ、晩年に父がひとり休んでいた部屋に座ると、いつもそばに和紙とペンを置いていた姿が目に浮かぶ。座敷に入ると使用人に至るまでみなが晴れ着を着て並んだ正月の賑やかさが聞こえてくる。台所には見なれた普段使いの有田焼の器が残っている。焼き物の産地でもあり、柿右衛門、今右衛門に、唐津の太郎右衛門、さらに大河内焼、古伊万里も名品でないかぎり日常の食器だった。財政難に陥った窯元を援助したこともあり、謝礼に優品を贈られることもあった。床の間や蔵に放っておかれた物の中にお宝が混じっているかもしれないが、調べるのもわずらわしい。

明日は寺で経をあげてもらう。母の法事は父のと合わせて来年するつもりである。夫も子供たちも忙しい。親しい叔母たちも老いている。一人でゆっくり懐かしい死者とお経を聞くつもりであった。管理人とは庭の手入れ、家作の管理、母屋の屋根の葺き替えを打ち合わせなければならなかった。

父は亡くなる前、ひろみに相続放棄を要求した。ひろみの息子を長男として入籍していたが、その孫にすべてを相続させると言い出した。放棄するのに異存はなかったが、息子が実家の手入れをするとは思えなかった。息子は医者となって大学の医局に勤め、長崎にいた。数枚の書類にびっしり書き込まれた家作や山林の所有地を、仕事の片手間に管理することはできないだろう。しかもすべて現金にはならない遺産ばかりである。父はひろみの息子にすべてを渡し、先祖の財産を散逸させないことが養子としての責任を全うすることだと思い込んでいた。ひろみは自分が生きている間は家作を自分の所有にし、その収入を家の修理に回すことを父に了承させた。返事もせずに庭を睨んでいた父の顔が、石灯籠に重なって浮かび上がった。

この家の景色も長くはないだろう。ここで育ってはいない息子は、何の感慨もなく家を取り壊すだろう。幾世代もの女の喜びや嘆きを塗り込めた廊下の黒光りは、クレーンショベルの陰に消えるだろう。息子の嫁は焼き物の価値にも無関心だろう。


帰京して数日、ひろみは隣家との境の垣根に繁った萩を切っていた。夏の熱さは嘘のように去り、見上げれば鰯雲らしいものが高く広がっていた。前の道にバイクの音がして庭木の間から郵便配達の赤い荷台が通るのが見えた。萩を抱えたままひろみは門のところへ行った。有田の家の修理の見積りが届くころである。

一通だけ渡された白い封筒にはタツ子の名前があった。二度と見ることがないことを心のどこかで望んでいた手紙であった。その場で開封すると、中に十万円が同封されていた。


暑さが去りました。何事も、シツコク、言うのは心の病です。真吾の五十年忌に供えてください。

一人娘でゆったり、少々、やせていたので、病院にも入院して、養生よくしたので、見事に、花開いて、お子さまも達者に育たれたのだと思います。貴女のうちのことはゆう事なしの、幸福です。

今度、金と手紙出したのも、その貴女と私の生活の開きの（さ）があり、私も生きかねても、そちらの世話になり、しなばあ様の物を食べたと云う事は、真吾様の「せいかつ」の世話になるのは、俺の恩だよと思われるのも、本人の真吾様の考えとして、むりからぬ、いかりの表れです。

先祖の「おまつり」を何十年にわたり、とどこおる事なくおやりの事とは、ちょっと違いませんか。わたしと云えども、申し訳なく毎日にわたり考えてましたので、自分を「べんかい」するのは、「卑怯」なことですが、見せ金を送ったのではなく、長年のつぐないです。

萩が頬に触り足元に落ちた。ひろみの背筋を冷水が滑った感じがした。タツ子の言い分には理屈がある。精神異常の、心臓病のと言っていながら、タツ子は事の理を認識して自分に接触していたのだ。筋違いの理由で丸く収めることは許さないつもりなのだ。

何のケイザイ的にお困りではないと、思ってます。私のほうにお返しにならないで、お願いですから今は亡き真吾さまに替わって、受け取ってくださいませ。心からお頼み申します。私としては仏前は二千円位が限度ですが、この件は全く別で、せい一ぱいです。この金受け取れぬとは、お思いにならず、受け取って下さいませ。どうぞ願い上げます。私の長男もパッパパァですが、この頃話し合い、ホームレスまでは出来ないが、「自分の事は自分で」

として行こうねと約束しました。難儀知らずに育たれた貴女には分かりかねるでしょうが、お腹立《ハラダ》ちのないように、よろしくたのみます。家族皆さんの茂栄《ハンエイ》願います。

ひろみは萩を拾い上げ、鋏と封書を持ち直して居間に入った。コーヒーを淹れしばらく槙を眺めた。故郷から苗木を移したものである。土が合うものか心配だったが見事に枝を整え故郷の香りを伝えている。

十万円はとりあえず仏壇に預けて、ひろみは母の実家の叔母に相談することにした。母さとの上の姉二人は亡くなったが、妹二人は裕福な家に嫁ぎ健在だった。いずれも貧乏籤《くじ》を引いたようなひろみの母に同情し、ひろみを幼いときから何かと気にかけてくれていた。家を継がされた苦労を分かってくれるありがたい叔母たちである。

ひろみは東京の叔母にまず電話をした。叔母もタツ子のことは知らなかった。

「あのマツさんの娘なの?」

マツは「しかたのない女」との評判で、その娘を何とかしてやらなくてはと、しな婆さまが言っていたのを聞いたことがある、おそらく真吾もそう考えて裁縫学校にやったのであろうと叔母は言った。

「真吾爺さまはとても学問ができた方よ」

ひろみには初耳だった。

「爺さま、字が書けるのかしらと思っていたわ」

思わず言うひろみの耳に叔母の甲高い声が響いた。

「呆れた。何を言うの。漢書なんかよく読んでらしたのよ。どこかに手紙でも残っているでしょう。見事なお手だったのよ」

幼いころ、手紙のやり取りをしたときに仮名だけであったのを、字を知らぬと思い込んでいたのかもしれない。世間知らずとはよく言われたが、身内知らずでもあったかもしれない。

「タツ子さんだったかしら、その人。年を取って昔の不幸な思い出に取りつかれているのでしょう。ほら、老人性の鬱というか、昔が気になって何か世話になったという強迫観念なのよ。お金を取ってもらえれば気持ちがすむでしょうから、受けておいてタツ子さんのお葬式に息子さんに渡したらどうなの。余りくよくよ考えないのよ。勝手に恨まれても仕方ないでしょう。タツ子さんはもともと僻《ひが》みっぽい人なのでしょう。貴女のお爺さまはとても立派な方だったのよ。村の人の世話もよくしてらしたし。さと姉さんもそう言っていらしたわ」

叔母と話すと気が晴れた。文化を共有する者同士の慰めと安らぎがあった。

しかし、居間の正面の槙が隣家の屋根を隠して盛り上がっているのをしばらく見ていると、どうしてもタツ子からお金を受け取れないという気持ちが心いっぱいに広がってきた。タツ子の息子に渡すのではなく直接タツ子に返したい。病気に苦しんでいるというではないか。今治療に使ってほしい。どうしても祖父真吾の替わりになるわけにはいかない。

便箋を広げると書くことはほかになかった。すでに真吾の五十回忌は高野山で済ませた。今は皆々仏様。御仏が昔のことを気にしているとは到底思えない。タツ子も昔は忘れて病気治療に専念してほしい、そうすれば御仏も喜んでくださるだろう。そう書いて仏壇のお金を同封した。

秋晴れの続く日々の間にも嵐があることを思い出させるように台風が近づいていた。関東に上陸するだの逸れるだのとニュースが繰り返すなか、風とともに雨粒も落ち始めた。囲碁クラブから早めに帰宅した夫が手紙の束を居間のテーブルに置いた。

いかにも硬い感じの角封筒が交じっていた。差出し人はタツ子で、中に四角に折った淡いピンクの厚い紙があった。広げると「ご利用料金領収書」と印刷してあり、葛飾区のヘルパーステーションのサービス明細であった。二十行ほど数字が並んだ最下段に、「医療費控除対象分」として「５５３３」と記され、欄外の余白に「便せんが見あたらず失礼しました」とあり、裏返すと細かい字でびっしりと書き込んであった。

私の送ったカワセの返送受け取りました。

私は、成長するに、御存知の通りの（せいしん）に異常が有ったと思うより外、なかったので（もっとも生来の性質）も大ありでせうが、しな婆さまが云うように七才位になれば弟

妹を見てやるのが本当だと云われました。（云われることは誠です。私が悪いのですから）
さき様には狂人のふりをして金をせびるつもりか、など云われても何が何だか少しもわかりませず、小学校に入学したとたんにマツが居なくなり、本町の菓子屋、修一さんが学用品を買ってくれたけれど、鉛筆をけずる小刀さえなくて困ったし、着物も木綿のゴワゴワしたのを、着て、足もとも、はく物なく、鬼ぞうりと云って（はなお）に布をまいて、あればよかったのですが、ツノむすびで足も少々は血が出る有様、しな婆さまに、生活ヒをやっている人にすれば、おれのやった米を食べてゆるされる事かと思われて「とうぜん」です。（手がしびれて書けません）
そして、小学校の高等科終えてから、小宝（もり）に行き、一年で、家にかえり、（裁縫けいこ）に行っていたら、貴女のうちの裏側の古道で、同級生のお父さんが、自分の食べる米は、自分で作れ、（裁縫けいこ）に行くなんてと申しました。あとあと、また、考えると、しな婆さまのところえ行き、ご飯を食べさせてもらっていたのを、真吾さまにかわって云われたのだと思います。食うに困っていて、（裁縫けいこ）でもあるまいと云われたのだと思います。そのように云われるのは当たり前だと、思いました。私が世間知らずで世話に、なって居たのだと思います。これにて（おわり）と致します。恐ろしい真吾さまの目玉は忘れる事はありません。（常しき）なしの女でした。

ひろみは息をついた。曾祖母のしな、祖父母の真吾とさき、懐かしい人々をこのように見ている人があるとは思いもよらなかった。ひろみの感覚からすれば、しなが弟妹の面倒を見るように言ったのは、母マツを助けるようにとの教育のつもりだったのではないか。当時は子供のころから弟や妹の面倒を見るのは当たり前だった。裁縫学校について真吾が同級生の父に嫌味を言わせたというのも勘ぐりすぎではないか。おそらく、しなかさきが頭は悪くないタツ子にせめて裁縫でも仕込んで暮らしが立つようにと行かせたものである。裁縫学校どころか働きに出なければならない子を持つ親たちからは、住居と米の援助を受けながら「学校」に通うタツ子に羨《うらや》みの目が注がれていたのではないだろうか。真吾の配慮がもたらした隣人の嫉《そね》みがタツ子には耐え難かったのではないか。その重圧が感謝より恨みとなって真吾へ向けられた。

着物にしても村の子供たちは誰しも木綿と決まっていた。銘仙を着ていたのはひろみのほか数人しかいなかった。隣村近くで迷子になったとき、通りがかりの人がひろみの着物を見て倉田の家の者だろうと連れ帰ってくれた。タツ子はどこかで自分の着物を見つめていたのだろうか。正月、友禅の晴れ着に鹿の子の鼻緒をつけた下駄を履いていた自分をどこかで見ていたのだろうか。祭りの日、町の店が持ち込んだ鈴のついた髪飾りを買ってもらうところを眺めていたのだろうか。

年老いたタツ子が、タツ子を知らないひろみに手紙を送り続けたのは、幼い日の真吾に対する恨みの故かと思っていた。関係のない自分になぜ昔の恨みを伝えるのだろうかと疑問に思っていた。ようやく疑問が解けた。タツ子には生い立ちに対する恨み、どうしようもない運命の非条理に対する憤りがあって、それがタツ子の知る世界の中にいる恵まれた存在としてのひろみに対して溢れ出たのだ。タツ子の怨念は真吾にではなく直接ひろみに向けられていたのだ。

叔母が言ったように老人性の強迫観念につきまとわれているのかもしれない。考えて見ればタツ子が故郷を離れて五十年、その間に真吾はすでにこの世を去った。タツ子にとって結婚、子育て、労働と、長い生活があったはずである。その半世紀の人間関係をすべて飛び越えてなお、思い通りでなかった人生への恨みはひろみに向かうものだったのか。

それならばタツ子ばかりではない、たとえ自分に関係のないことであっても、どこかで自分をじっと羨望の気持ちで睨んでいる目があるのではないか。恵まれていてはいけない、幸せであってはいけないという目が。その目はひろみを落ち着かなくさせ、恵まれたことを恨めしく悲しく思わせようとする。どうしようもなく気が滅入ってくる。

大粒の雨が降り始めた。空が真っ黒になり台風特有の荒い空気が広がった。槙も揺れ始めた。初めてタツ子の手紙を受けた取ったときも雨だった。知らない世界にいたタツ子が突然現れ、ひろみに別の人生を見せつけた。この十か月あまり、その人生は台風の空のような重苦しさでひろみの胸を圧迫していた。誰かの不幸にひろみは責任があるということなのだ。真吾は亡くなっても、ひろみの与り知らぬことでも、タツ子の情念は時空を超えてひろみを拘束する。

「これにて（おわり）」とタツ子は書いていた。本当に終わりなのだろうか。いずれ故郷の母屋も家作も消える。そのようにタツ子の情念も消えるのだろうか。それでも故郷を移した槙にまで乗り移り生き続けるのだろうか。

風が激しくなり、槙が左右前後に揺れて常の倍にも影が大きくなった。銀糸のような雨の後ろにタツ子の老けた白い顔が浮かび出たように思われた。微笑んでいるのではなく、昔語りから想像する幽霊を思わせる表情だった。何を恨んでいるのだろう、幽霊と折り合った話はあるのだろうかとぼんやり考えながら、叩きつけては息を整え、再び襲うように雨足が繰り返す響きに、ひろみはいつまでも聞き入っていた。

すずめ退治

梅雨の晴れ間、太陽が坂口志保の自宅マンション五階バルコニーのタイルに明るく射していた。バルコニーは長さ八メートル、幅二メートルほどで、渋い青に塗った腰高百十五センチ、幅八センチほどの鉄柵が縁に巡らせてある。その縁にすずめが二羽足を止めて首を振っていた。最近すずめはめずらしいと長椅子に足を折ったまま志保は眺めた。十年も前には竹橋にあるお濠のそばのレストランの屋外で食事をしていると、すずめがテーブルのそばまで寄って来ていた。パン屑が目当てで、頭を遠慮がちに傾けるのが愛らしく、パンの端を投げてやるとテーブルまでも寸刻みに寄って来ていたが、最近はすずめの姿そのものが見えなくなった。

すずめは全身が薄茶で、頭、喉、羽などに黒毛が混じるごく普通の種類だった。中肉中背、中年に見えた。一九八〇年ごろモスクワで見たすずめがひどく痩せていた印象が強く残っている志保は、すずめの栄養状態が気になるのである。朝のパンの残りがあっただろうかと冷蔵庫に立とうとしたとき、二羽のすずめは連れ立つように飛んで行った。かけっぱなしのモーツァルトのソナタが空虚に響いた。志保はしばらくすずめが去ったあとの縁を見ていた。

そういえば、すずめ退治をしたことがあったと志保は思い出した。

あのころは退治をするほどすずめがいたのだ。管理会社が変わって間もなくだったから十二年前、二〇〇五年ごろで、志保は六十代だったのである。当時志保はマンションの理事長をしていた。そのころはカラスも増えていた。散歩に出た夫が額から血を流して帰ってきたことがあった。英国大使館前の歩道を歩いていると木々の合間を縫ってカラスが突っかかって来た。以前にも同じような目にあっていた。同じカラスに違いない、恨みを買うような憶えはないのにしつこい奴だと夫は言った。志保も散歩の途中、近くの枝に止まるカラスに鋭い目で睨《にら》まれたり、路上で台所のごみ袋をくわえ上げて舗道に落とし、破って中身を食べ散らかしているカラスを見たりしていたので、都がカラス退治に乗り出したときは歓迎した。カラスは相変わらず今もたくさんいるが、すずめは本当に減ってしまった。

志保はバルコニーに出た。湿った空気が心地よく流れていた。目の前には白いタイル貼りのオフィスビルが裏面を見せて立ちはだかり、その間に二十メートルほどの芝生の庭があり、マンションとの塀際に、樫や珊瑚樹や車輪梅などが盛り上がって水気を滴らせるようにして緑を広げていた。オフィスビルは、志保のマンションが建ったころには銀行家の屋敷だった。敷地の端には蔵があり、縁側に雄鶏が飛び上がってときの声を上げることもあった。庭園の名残りの灯籠が二基、今も庭の隅に残っていた。

考えれば、志保はこのマンションで子供を育て、夫は定年を迎え、今は曾孫までいた。長く生きたものだと思いながら、隣の宮内庁の屋敷との境に聳え立つような楠や桂の木の群れを眺めた。越して来たときには木々は邸を覆う程度であったのが、今ではその倍ほどの高さになっていた。

一九七一年に売り出されたこのマンションに、志保は小学生だった二人の娘を連れて世田谷の戸建てから移ってきた。夫の通勤と子供の学校が理由だった。大手ゼネコンと大手商社の共同プロジェクトで建設販売されたマンションは皇居の濠に近く、JR市ケ谷駅には遠いが番町の閑静な住宅街にあった。大きな屋敷が相続税を払うために売却された跡にマンションが建つという風潮のはしりで、その当時あたりは一戸建てや行政機関の建物ばかりで、淡いグレーのタイルを貼った十階建てのマンションは緑の波の間の塔のようだった。

マンションには、坪庭へと続く中庭に沿った渡り廊下を挟んで東西に二つのエレベーターがあり、それぞれに十五戸ずつ、総数三十戸あり、販売会社の子会社が管理をしていた。管理会社と交渉する立場の管理組合の理事は、管理規則により選挙で選ばれる九人、理事長は理事の互選となっていた。初めての会合には住民の多くが出席した。ロビー中央には重役室のような応接セットがあり、円形の大理石のテーブルを囲んで年輩の男性数人が譲り合いながら革張りの長椅子と肘掛椅子に脚を開いて体を埋めていた。そのあと、壮年の男性十人余りが間の椅子に座り、臨時に並べた後ろの椅子には、夫人たちがここでも席を譲り合いながら控えた。理事選出にあたっては、応接セットに座った人たちが互いに「いかがですか」と言い合い、財閥企業の重役、銀行役員、鉄鋼会社の社長、航空関連会社の社長などが理事に選ばれたが、東西のエレベーターのどちらから理事長を出すかで話がもめた。理事には互いの相手会社への遠慮や思惑があるらしく、最終的に男性たちの社会階層感覚で東西それぞれのエレベーターから理事長を出すことになった。

「坂口さんのご主人にも理事になっていただきましょう。建設会社さんからも出ていただければ心強い」

隅にいた志保は名前が出て慌てた。

「坂口はまだ未熟ですし、ご辞退すると思いますが」

夫は三十代半ばである。

「僕の名が出たら断ってくれ」と、家を出ようとした志保に夫は言った。夫はこのマンションを建てた建設会社に勤めていた。建築系だが、研究所にいる社員というだけでマンションとは何の関係もない。それでも、いつ建物の不具合に文句を言われ、会社に修理のつなぎをすることを要求されるか分からない。

「いや、ぜひお願いします。お忙しいときは奥さんがお出になればいい」

同じエレベーターの新理事長のひと言で決められてしまった。ほかの理事も頷いた。以来、志保は理事会の端の椅子に代理で座ってきた。夫は一度も顔を出したことはなかった。

理事会や総会では、議事、諸管理報告など、すべて管理会社の社員が用意し、理事長二人は株主総会よろしく議事を進め、管理会社の提案は時間内にシャンシャンと承認された。


そうして三十年が無事過ぎた。

理事長と理事は二年が任期だが、幾度でも延長できた。株主総会手法はうまくいき、管理会社の協力で理事たちによるマンション管理は何の問題もなく進んでいた。住民は会合に出なくなった。無事ではあったが、渡り廊下には亀裂が入り、外壁のタイルは浮きが目立ち、赤水やバルコニーからの水漏れが出るようになった。被害が生じた住民の間に、目につかない内部の配管は無事であろうかと心配が芽ばえても不思議はなかった。

任期の延長を続けるあいだ、有名会社の役員は年老い、あるいは消え、住民も多様化した。会社役員か学者、有名医院の医者など、どこの某《なにがし》といった肩書だけで判断していたものが、塾経営、外国との合弁事業経営、コンサルタント、プロデューサー、歌舞伎役者に作家まで現れるようになると、誰が偉いのか、どの肩書に管理を任せたらいいのか分からなくなった。やがてバブルが弾け、マンションの値段も上がったり下がったりして、あまりの動きに本当の価値がどのくらいなのか見当がつかなくなり、しだいにマンションは古びていった。理事のなり手がいないことだけは変わらなかった。

経団連会長をしていた東のエレベーターの理事長が病気を理由に退任したのち、何かと張り合っていた西のエレベーターの理事長も続いて退任すると、小さいマンションに二人も理事長がいたことが無駄だったことが明らかになった。そして、東のエレベーターにいる有名会社の社長が一人理事長になり、その人も年齢を理由に退任すると、志保の向かいの住戸に住む財閥系銀行役員が理事長になった。その任期も数年過ぎて世紀が変わったころ、理事長は志保を呼んで次の理事長を引き受けるようにと言った。健康上の理由で自分は理事長を辞めたいが、住民も新しい人が増え、マンション建設当初からいる人が数えるほどしかいなくなった。

「顔も分からない人が増えた。管理は管理会社との信頼関係でやっていくものだ。昔を知る貴女が管理を引き継いでほしい」

理事長がいなくては管理は成り立たない。管理会社も焦っている。何とか受けてくれないか。理事長は志保を後輩だから推薦したいと言った。理事長は確かに志保の高校の先輩である。しかし理事長がいたのは旧制中学で、志保はその後身の高校である。志保に後輩という感覚はなかった。

志保は西のエレベーターに住むが、東のエレベーターに、これも夫の代理で理事に名を出している高田夫人がいた。夫が何をしているのか、子供が何人いるのか、志保は知らない。知っているのは高田夫人は東のエレベーターにいること、マンションが建った当初からの住民だということぐらいである。中肉中背で志保と似た体格で、年は一歳上だった。くるくるとパーマをかけて黒く染めた髪がかえって肌の衰えを目立たせていたが、いつもパンツ姿で颯爽《さっそう》と歩き、発言に勢いがあるので年を感じさせない。何か言えばまず疑うような目つきをするので話しかけにくく、ものの言い方がきついので、何でもないことでも喧嘩をしているように響いた。笑顔を見せないことも会話に棘《とげ》を加えていた。

その高田夫人がこの間の総会でマンション管理とはみなが協力するものだと発言したことを思い出し、志保は夫人に理事長を頼むことを考えた。マンションのこれまでを知り、一つとはいえ、年も上であった。

「人の前に立つのは嫌なの。副ならするわ」

高田夫人は取りつく島もなかった。

こうして志保の理事長、高田夫人の副理事長で新体制は始まった。

まず取り組むべきは大規模修繕だった。十年ごとにすべきものと言われていたが、第一回は十五年後、その後すでに十五年を過ぎ、修繕は緊急の課題だった。しかし、管理会社の大規模修繕の見積りを見た新任理事長と副理事長は息を呑んだ。最近会社の言うままに契約したエレベーター二基四千万円、屋上の水漏れ対策一千万円を引くと、貯めてあった修繕積立金は一億円を切る。大規模修繕の予算は一億五千万円であった。足りない分はどうするのかと聞くと、「銀行が貸してくれます」という返事である。借りれば返さなければならない。心配になって、さらに次の大規模修繕まで含めた修繕費積立額と出費についての長期の見通しを問い合わせると、数か月もたってから、四回目の大規模修繕のときには三億円の不足になるという大部な報告書が届いた。

高田夫人はマンション管理の本を買い込んで勉強し、志保は区のマンション大規模修繕相談窓口を訪ねた。それらから、管理は管理会社任せにせず組合が監視しなければならないこと、工事は透明性と低価格、つまり入札で決めることを学んだ。

また、管理会社に払う管理委託費が相場の倍近いことも明らかになった。ほかにも、「掃除は管理人の仕事に入るのに、掃除人を別に二人雇っている」「報酬とは別に盆暮れに、管理人、掃除人、管理会社の担当者にまで手当てを包んでいる」など「非常識だ」として高田夫人が上げたが、より重大だったのは、管理委託費の中の本社経費だった。

「私どもでは幾重にも経費がかかりますので」というのが担当者の説明だった。幾重にも払っているからといってサービスがいいわけではなかった。管理会社の窓口担当者は、志保が理事長として電話をしても留守が多く、ことづけを頼んでも返事をよこさなかった。これまでの理事長から不満を聞いたことがなかった志保は、管理会社が女性を侮《あなど》っているのかと考え始めた。

管理会社に委託費の引き下げと工事価格の詳細の公開を求めたが、返事はなかった。

「管理会社を変えるほかはないわね」

高田夫人は言った。

会社を変える提案は、以前からの男性理事で固まった理事会で全くの驚きで受け止められた。

これまでのやり方や人間関係があるというほかに、値下げ要求は恥だというのが理由だった。

「倍も取られて何が人間関係よ」

反対意見に対して高田夫人は会社の管理怠慢の例を挙げ、反対派に丁寧に反論した。物品は定価で買い込む、工事は関連会社の下請けのさらに下請けに回し、監督手数料をその都度上乗せする、高い委託料によってマンションの修繕積立金は増えず、修繕に苦労し、ひいてはマンションの資産価値の低下につながる——。

「よく繰り返して同じことを説明なさるのね」

志保は心から感心した。

「頑迷な人には繰り返す以外ないのよ」

夫人の父が大臣であったことを志保はそのとき初めて知った。さすがに政治家の娘は違うと志保は思った。勲一等が茶箱に放り込んであると言っていたので、何度か閣僚を務めたのだろう。

管理委託費を下げることでしかマンションの維持ができないのなら、管理会社を変えるほかはないと志保も考えた。代わりの管理会社を探し始めたある日、志保は前理事長の自宅にお茶に呼ばれた。元先輩が何事かと応じると、夫人が丁寧に菓子や茶、果物を出して接待してくれた。ガラスのテーブルで脚が透けて見えるのを志保が気にしながら茶を飲んでいると、前理事長は管理会社を変えるのはやめろと言った。

「でもこのままではマンションは破綻します。明らかに収支が合わないのに、続けることはできません」

「管理会社とは親会社も含めてこれまでのつきあいの歴史がある。それを無視してはこれからの協力関係が成り立たない」

自分の銀行と管理会社の親会社との関係をいうのであろう。志保は返事をせずに黙った。

「先輩の言うことは聞くものだ」

前理事長は帰り際に言った。

管理会社はマンションを販売した会社の子会社なので、これまでの関係を変えるのは大変なことだと理事五人は変更に反対した。新任の二人の男性理事は、古いメンバーに遠慮して明快な反対をしない。志保と高田夫人はマンション居住者にアンケートを配り、夜には玄関口まで訪ねて、顔を知る者に説得を続けた。その結果、臨時総会で一票の差で管理会社変更を勝ち取った。新しい管理会社は区の名簿にあった中から選んだ、鉄鋼会社の子会社で、業界トップではないがかなりの数の管理実績があった。何より担当課長が熱心に朝晩マンションにつめて住民の説得に参加し、管理会社の移管手続きも進めた。管理委託費は業界の平均で以前の半額であった。

変更が決まると以前の管理会社の社長が謝罪と契約継続願いに訪れ、管理委託費を半額にすると申し出た。マンションロビーにダークスーツの男が数人並んで頭を下げげた。当節、会社トップが数人並んで頭を下げるテレビ映像はめずらしくないが、そのままの形がマンションのロビーで披露された。今後鋭意サービスに努め、担当者が直ぐに応じるようにすると述べるのも型通りであった。しかし、志保は住民の意思だからと、詫びと新たな申し入れを断った。

新契約を勝ち取った新しい管理会社の課長は部長になり、志保の先輩は志保に会うと顔を背けるようになった。

マンションを入った正面にあるロビーは五十平方メートルほどで、大きなガラス戸越しに中庭があった。京都の坪庭のように空からの外光が、椿や柘植《つげ》、地面に這う笹などを浮き立たせ、建物との間に敷き詰めた小石を照らしていた。ロビー右手の壁は古代風の渋茶のタイルで、左手に東のエレベーター、庭に沿って西のエレベーターに通じる通路があった。

管理会社の変更と同時に、志保は高田夫人をはじめほかの夫人たちと相談して、裂け目が入っていたロビーの革の応接セットを木製で座を麻の紐で編んだ北欧製の椅子に替えた。数も十脚にして総会でも出席者が同じ椅子に座れるようにした。タイルの壁に掛かっていた重厚な時計も軽快なものに替えた。家具の更新には七十代の男性理事一名から、無駄であるとか、軽すぎるなどの反対があった。その男性理事は花を入れるポットの購入にも反対だったが、管理会社の変更で花代は出たはずで、志保は自分たちで世話をするからと押し切って花のポットを四か所に入れた。

さらに、理事会は高田夫人が区の講演会で得た知識に基づき調査会社に大規模修繕の必要性について調査してもらうことを決めた。修繕を管理会社任せにするわけにはいかない、調査の結果を見て修繕の必要性を管理組合が決めようというのであった。数社を招いて入札を行った結果、価格により高田夫人が紹介した研究所が選ばれ、理事会の承認を得て、二百万円で調査を依頼することになった。調査の結果は、給排水管、サッシ、タイル、塗装など、かなり大規模な改修が必要とのことであった。

高田夫人と志保はともかく不備を指摘された外壁を見て回った。

「このタイル、相当にやられていますね」

最近麴町から六階に移ってきた松田氏が、二人の後ろに立ってタイルを眺めていた。松田氏は七十前後で、薄くなった頭に丸顔がツヤツヤして、平均より高い背にややつき出した腹、立派な背広を着ていた。

「タイルにお詳しいのですか？」

志保は聞いた。

「まあ、自分でやってますのでね」

翌日、地震があった。西側のエレベーターが四階と五階の間で止まってしまった。駆けつけたメーカーの担当者に松田氏はいろいろと質問をした。揺れがあった場合に最寄りの階で臨時停止する装置がついていなかったこと、さらに維持管理委託料が高いことが判明した。

松田氏は点検報告書を取り寄せ、定期点検に漏れがあり、替えるべきロープも替えていないなどさまざまな手落ちを発見、新替えを見合わせ、現在のエレベーターに必要な機能をつけるように理事会に助言した。

すべて前の管理会社の監督不行届き、それを許してきた組合の無関心だと、高田夫人は振り返った。

「私たち、何も分からないで管理会社の言いなりだったから」

志保も同意見だった。

区の指導や本によると、大規模修繕には修繕委員長を立てることになっていた。

「理事になって修繕委員長になっていただけませんか？」

志保と高田夫人は松田氏に頼んだ。工事には素人の女性二人がマンションのために健気に頑張っている、ほかの理事の男性は今まで通りに大きい所に任せておけばいいと傍観している、これはひと肌脱がなければならないと松田氏は考えた。だいたい建物に手を入れるのが好きである。それにこの仕事は自宅の資産価値の維持のためでもあった。

「分かりました」

松田氏は言った。

「私にできることはお手伝いしましょう」

頼もしい言葉だった。何といいときに松田氏のような住民が現れたのであろうと、高田夫人は感激し、志保も喜んだ。

たまたま古い理事の一人が体調不良を理由に退任した。松田氏は理事になり、修繕委員長を兼任した。修繕委員会には委員が必要だったが、住民はみな建築のことは分からないといい、委員のなり手がない。結局、高田夫人が委員となり、理事長である志保が報告を受けることになった。

さっそく開始された修繕委員会で、松田氏は管理会社の提案した工事や工事会社について、より簡単な工法を提案したり、より安い工務店を紹介したりした。

「いくつかマンションを持っていまして、維持などしているものですから」

若いころは大手の鉄鋼会社に勤めていたが、事業をやりたいのでサラリーマンを辞め、自分でいろいろやっているのだと松田氏は言った。

松田氏は、今回の大規模修繕を高額なサッシ交換だけは後にまわし、ほかの緊急の大物案件である外壁のタイルの修繕、排水管の交換、ベランダの手すりなどの塗装一切と駐車場の修復を五千万円で行うと宣言した。管理会社の営繕に相談するが高ければ自分の業者を連れて来る、もっとも癒着の疑いは避けたいので極力管理会社を使いたいと付け加えた。

高田夫人が住むのは八階だが、真下の七階に九十を過ぎたかと思われる沢田夫人がいた。たいへん高名な国文学者の妻で、夫が亡くなってからもしばらくは弟子たちが訪れていたが、近年は全く静かで、本に埋もれたような家に一人で住んでいた。品のいい顔立ちに秋の終わりの薄《すすき》のような白髪をそのまま頭にまとわせていた。毎日手伝いが来るが、電話は通じない。たまにインターフォン越しに返事があり、散々待たされたあと杖に続いて頭《こうべ》を垂れた夫人が現れた。

この沢田夫人のバルコニーから下の階に水漏れがあった。原因はバルコニーに敷き詰めるように置かれた花など植物の鉢だった。重すぎてバルコニーに亀裂が入ったのである。夫人は可愛い植物が原因だとは決して認めない。バルコニーは居住者の専用だが、共有部なので組合が修理しなくてはならない。その件が暗礁に乗り上げていた。

何とか鉢を減らさせたいと高田夫人は沢田夫人の家を訪ね、たまたま台所の排気口から洩れてくる盛んなすずめの声を聞いた。

高田夫人はぞっとした。数年前、自宅の台所の換気が悪いので業者を呼んで調べたところ、排気口にすずめが巣を作っていて、中を掻き出したところ、わらや紙、木の屑、羽毛などが大きな紙袋に三杯も出た。年寄りの家庭では、ガス中毒、火事、何が起こるか分からない。

高田夫人は事の次第を熱心に沢田夫人に説いた。幾度かの訪問を繰り返したあと、夫人は鉢を減らし、換気口をふさぐことを承知していた。

マンションはコの字型になっていて各戸がコの字の内側に排気口を持っていた。コの字の中の敷地に立って眺めると出入りの数に違いはあるものの、数軒の排気口にすずめが居ついているようだった。老人の家では掃除もままならぬであろうから組合が掃除人を手配し、排気口の外には金網を張ってすずめの侵入を止めて事故を防がなくてはならない、大規模修繕で足場を組んだときに手配すればほとんど費用はかからないだろうと高田夫人は考えた。

次の理事会で、足場がある間に排気口をふさぐ必要があると高田夫人は発言した。

「すずめがいるんですか？」

老理事の一人が他人事《ひとごと》のように応じた。

「そんなにすずめが出入りしていますか？」

松田氏は言ったが、気に留めているようではなかった。

梅雨明けに大規模修繕が始まることが決まった。

あらためて、管理会社の担当者と修繕委員長の松田氏、理事長と副理事長が修繕計画を練るためにロビーに集まった。高田夫人がまずこれまでの管理会社に任せきりで多大の出費をさせられた経験から、工事はすべて入札で行い、安くしたいと原則を述べた。入札については、高田夫人自身が風呂の改装工事で管理会社から紹介された会社と別の会社をくらべて新しい業者を使ったところ、工事が安く綺麗にできた経験を得たところだった。区の指導といい、本に書いてあることといい、自身の経験といい、「入札が原則」は明白だった。

「安くてよい仕事のできる業者を使っています。悪い仕事をすれば切ります」

管理会社の工事担当者は低い声で無愛想に答えた。

「それぞれの工事は数社を競わせて、いちばん安いところにさせています。実質入札ですよ」

そばから課長が説明した。

最大の出費であるタイル工事について管理会社の見積りは七千万となっていた。

「三千万でやりたいんだが」

松田氏が言った。

七千万という数字は、貼り賃を入れてタイル一枚七百円から八百円の相場を、いちばん安い七百円に抑え、それに交換枚数を掛けたもので、工事担当者はこれ以上安いことはあり得ないと言った。

しばらくやり取りした末、松田氏は七千万円を三千万円にするには常道では無理だが、三重県でタイルを釜単位で焼かせ、さらに職人も連れて来て貼らせれば予算内に収めるのも可能であると言った。ただそれには自分の配下を使うことになるという。

「入札はどうするんですか?」

高田夫人が聞いた。

「予算を守るにはこの方法しかないんですよ。入札はできませんな」

松田氏は答えた。

「でも入札が原則です」

高田夫人はなおも強調した。

確かに三重県で一釜何十万円かでタイルを焼き、地方から連れて来た職人に日給で貼らせれば三千万で収まるかもしれない。通常の半額以下にするという劇的なコスト削減を実現するには、通常と全く別の手法を取らねばならないのかもしれなかった。

「松田さんの配下をただ連れて来たのでは、価格が正当だったかどうか分かりません。同じ工事を数社で競わせないと」

高田夫人の声に松田氏の耳がぴくりとした。穏やかな顔は変わらない。

「入札のしようがありませんな」

地方は人の顔だけで仕事を頼んでいくところである。入札などと言い出したら誰も受けない。息のかかった知り合いに頼んで阿吽《あうん》の呼吸で妥協点を見つけ出すのが慣習である。本にある公式には当てはまらないが、それで地元の業者が納得して引き受けるのならこれも一つの方法かもしれないと思いながら志保は聞いていた。七千万と三千万の差は大きい。

「入札を採用して工事を透明にするというのが原則です」

高田夫人は繰り返した。

志保はロビーの先に見える入り口の屋根を支える柱を見た。この柱は、前の年、まだ古い管理会社のときに高田夫人が音頭を取って、これまで管理会社が自社でやっていた工事を入札方式にして取り替えたものだ。区の指導と原則に基づき、数軒の業者に見積りを出させたが、管理会社は安すぎると入札を辞退し、残った各社は材料も工事手法も異なり、どの業者がよいのか決めるのに苦労した。足を運び、電話をし、会合を開き、十万円の取り替えにどれだけの時間を費やしたことか。しかも成果の程は分からなかった覚えがあった。

今回の件は多額の費用の違いが掛かっていて、松田氏がやらなかったら誰もできないことであった。政治家の世界の是々非々ということを高田夫人は採用できないだろうかと志保は考えていた。

松田氏の大きな声がした。

「入札入札と言われるが、無駄使いですよ。だいたい貴女が連れて来た研究所がやった修繕調査、あんなのに二百万もかけて何の役にも立ってないじゃないですか！」

松田氏の言葉に高田夫人の顔色が変わった。

「何を言っているんですか！　あれは私がやったんじゃありません。理事会に数社を連れて来て説明を聞いて、入札にして、あの研究所に決めて頼んだのです。知らないことを言わないでください！」

夫人はもともとはっきりしゃべる人だが、興奮すると目が吊り上がり声が大きく甲高くなる。

「確かにあれは理事会で決めたのです」

志保は中に入った。松田氏が越してくる前、管理会社の提案以外に判断材料がなく、区の指導で調査会社を選定した。居住者からの推薦がないまま、たまたま高田夫人の知り合いの調査会社と区の資料にある会社のリストから三社を選んで比べ、審議したうえで、高田夫人の紹介の会社に決めた。そのときも夫人は自分の差し金だと捉えられないかと非常に気にしていた。それを言われて夫人は頭に血が上った。松田氏に対する好感が一気に反感に変わった。

最近、入札を機に夫人宅に入った業者は、松田氏が大規模修繕工事を利用して自分の事業を拡大しようとしていると言っていた。「バカな」と否定していたが、あの業者の言ったことは本当かもしれないと夫人は思い始めた。そうなると、自信ありげな松田氏の態度も、頼もしいより悪意のあるずぶとさに見えてきた。

一方の松田氏は、「知らないことを」と言われてムッとした。これまでどれだけいい加減な調査会社を見てきたことか。机の上で統計を作り、巧みに理屈をつけ、客の無知をいいことに口先で煙に巻いて要らぬ工事をさせる。つまりは儲けることしか考えない。現場調査にしても建物に愛情がないので、機械的に修理場所を決める。保全しないとすぐ駄目になると脅かす。修理箇所は増える一方である。

松田氏は研究所の調査結果にも目を通していた。結論は建て替えを勧めているではないか。しかも自社の業者を予定している。とんでもない。このマンションは躯体がしっかりしており、場所もいいので買った。丁寧に修理すれば百年はもつ。そのために時間を割いている。高田夫人は、私が何も知らないとでも思っているのか。調査の二百万は無駄だった。それだけあれば今回見送らざるを得ない管理人室の修理ができたのだ。そもそも高田夫人は業者に操られているではないか。工事は総体で構成するもの、一つ一つがよくても、それぞれの工事の整合性がなくては成功しない。職人もそうである。一人一人の技術は全体で統率してこそよい仕上げになるのだ。

理屈は大いにあるものの、松田氏は説明するのが面倒だった。ムッとした顔をして二度と夫人の方を見なかった。夫人も頬を膨らませて横を向いたままだった。

管理会社はいちばん大きなタイル工事から外されて明らかに不満であった。上からは大きな仕事を取ってなるべく収益を上げるように指示されていた。

結局、タイル工事は松田氏が取り仕切るが、管理会社の監督下で工事を行い、管理料を会社に払うということで管理会社と松田氏は妥協した。今回は予算が限られているので、タイル貼りは松田氏配下の業者でやらせるが、次のタイル工事は管理会社に任せることを工事担当者と松田氏は持ちつ持たれつで合意したらしかった。高田夫人は気づいてないに違いない。松田氏と業者のやり方に気づいていれば猛反対するはずである。一回ごとに決着をつけるのが夫人流である。

その後も工事の打ち合わせは度々行われたが、高田夫人は松田氏を独善と決めつけ、打ち合わせに出て来なくなった。

松田氏は管理会社の工事監督を三重のタイル工場に呼んだ。松田氏の駐車場には普段はグレーの大型のBMWが駐めてあるが、時どき、三重ナンバーの黒い三菱の軽自動車が入っていた。その三菱の軽に監督を乗せて、松田氏は東京を朝まだ暗い時間に出かけ、三重の山中のタイル工場を監督に見せ、工場主を紹介した。雨でぬかる敷地を長靴の三人は歩いて回った。そのあと細い道を抜けて着いた先の鳥羽の海は輝いていた。

海辺の小屋で刺身をいっぱいに盛った千円のどんぶりをご馳走になった監督は感激して志保に言った。

「だいたい、業者が施主を接待するものでしょう。その反対は聞いたことがない」


足場が組まれマンションは暗くなり、工事が始まった。思いのほかタイルが傷んでいることが判明し、さらにもう一釜分のタイルの追加が必要になり、理事会が開かれた。

「予算超過じゃないか、追加には応じられない」

理事の一人が見通しが甘いと非難した。

この理事はいつも発言だけして席を立ってしまう。

「しかし、追加をしないで工事を止めるわけにもいかない」

ほかの理事の声がした。

「割れたタイルの数を数えるのは難しいのです」

管理会社の工事担当者は言った。

「十平方メートルをサンプルにして予想を立てたのですが、足場に上ってみたら以外に浮いたのが多くて、叩くと割れるものも出まして」

タイルは一枚一枚叩いて浮きを調べなければならない。七十を超した松田氏が十階建ての足場に上って職人を叱咤激励する姿に、監督は今では松田ファンであった。

理事会といい、そのほかの会合といい、今では高田夫人は中の席を外して端で黙っているようになった。これまでの活発な発言が気味悪いほどである。松田氏に徹底抗戦する気らしい。

「確かに一釜余分になりましたが、いずれまた剝がれてくるタイルを直したり、結構使いますよ。それにいろいろとさらに工夫をして節約できるところを探します」

松田氏は悪びれず堂々としていた。


その前の日、志保はエレベーターで会った松田氏を「いろいろ大変でしょう」とねぎらった。松田氏ははじめ何を言われたか分からない様子だったが、すぐに顔を緩めた。

「何を言われても構わない。私は何一つ恥じるところがないので信じたようにやります」

理事会から任され、自分の事業を犠牲にしてまでマンションのために走り回っているので、後ろ指を差されることはないと信じているのだろう。自社のタイル職人のうち、腕のいい者をマンションに回し、自社の工事は遅れていた。

一方、高田夫人も信念の人である。

「私は絶対に正しいのだから、人が何と言おうと言うべきことは言うわ」

同じ日にロビーで会ったとき高田夫人は言った。

「工事は一つ一つ入札で決めるべきよ。独善的で自分の業者ばかりを使う人は修繕委員長としてふさわしくないわ」

高田夫人は声高だった。

「自分の業者ばかり使っているわけではないでしょう。安いところを探していらっしゃるだけよ」

志保は言った。松田氏は高田夫人の業者とも会って話をしたのだが、松田氏によると高すぎるというのだ。

「なぜ松田さんのやり方を支持するの？　私は貴女を支持してきたのに貴女は私を支持しなかった」

高田夫人はすぐ人間に焦点を当てる。

「松田さんを支持するというのではなく、修繕工事を進めたいのよ。時と場合ということもあるでしょう」

志保は言った。

「調査を私がやって二百万の無駄をさせたなどと松田さんに言わせておいたじゃない？」

高田夫人はよほど腹を立てているようだった。

「調査の件は松田さんの誤解です。この間、貴女の前で私もきちんと否定したでしょう」

志保は言ったが、高田夫人は黙っていた。確かに松田氏の顔には、高田夫人の主導を疑うと書いてあった。

あのロビーでの二人の口論のあと、志保はエレベーターで松田氏に顔を合わせたときにもう一度繰り返したのだった。

「高田さんは純粋で正直な人です。入札が正しいと思い込んでいるだけで、自分の業者に焚きつけられたという意識はないと思います。むしろそう思われるのを気にしています」

「純粋でも不純でも、あれは業者にそそのかされていますね」

松田氏は頑固だった。

「あの業者は高い。マンションの大規模修理に入りたかったのを入り損なったんで、副理事長を焚きつけているんです。業者はだいたいそうですよ。いいことを言いながら実は儲けばかり考えている。それに乗るのは愚かですよ」

穏やかな顔ながら、松田氏は志保の言い分に添って再考する様子はなかった。長年の仕事で得た経験以外は信じない。

大人はもう仕方ないと志保は思った。大人も大人、苔がむしている。

ともかく理事長としての志保にとって大事なのは修理が進むことであった。

「いろいろあっても松田さんは一生懸命にやっているのだから、小さいことは横に置いて工事を進めましょう」

高田夫人に志保は繰り返した。高田夫人は管理会社を変えた理事であり、昔を知っていた。修繕に協力してもらわなくては困るのである。

「あんな頑固な人に任せられない」

志保が何と言っても高田夫人の言葉は変わらない。

松田氏の働きで工事が進んでいることをとりあえず認める柔軟さがあればと志保は思う。これでは純粋な革新政党のようではないか。

「任せられないと言うのであれば、理事会に松田さんの不信任を申し出て理事会で修繕委員長の解任を決定しなければならないでしょう。そのあと、誰が修繕委員長になるの？」


理事の中で誰がいるのだろうと志保は前日の理事会の会話を思い出していた。そのときは、めずらしく高田夫人が端の席にいた。

「すずめはどうなります？」

松田氏から目をそらして高田夫人が言った。

「まだいるんですか？」

理事の一人の声がした。全く興味のない調子だった。

「いますよ！」

高田夫人は大声で叫んだ。

「危ないんですよ。私の所は紙袋に三つ屑が出ました。お年寄りの家で火事にでもなったら大変です」

「うちにはいませんな」

別の理事が言った。見たの見ないの、いるのいないのと騒がしくなった。

「排気口の中からシューと薬剤を噴きかけると、すずめは驚いてバタバタ慌てて出ていきますよ。中の屑は掻き出せばいい」

松田氏が言った。

「お年寄りにできますか！」

高田夫人がいきり立った。

「修繕のときに排気口の外から網を掛けておけばいいんですよ」

夫人の声が甲高かった。

「どこに出入りするんですか？」

理事の一人が身を乗り出した。

高田夫人が立ち上がり、数人が連れられてぞろぞろと席を離れて東棟エレベーター横の出口から外に出た。二階以上の居住区が渡り廊下の西側に突き出してコの字型の空間をつくり、空間に面して各戸の排気口が連なっている。高田夫人によると七階と八階にすずめは住みついているという。しかし、物音一つしないし、姿も見えない。すずめはすでに寝ているらしかった。

侵入の痕跡が見えないまま理事はまた戻ってきた。すずめの件は何も決定されることなく理事会は終了した。

次の理事会では、管理会社が七階の沢田夫人の鉢を足場を使って半数下ろすことを提案し、了承された。ついでに、高田夫人のバルコニーに入居時から設置されていたコンクリートの花壇らしきものも、水漏れの原因になりかねないということでこの機にどけることになった。いずれも多少の費用がかかるので、管理会社は松田氏の顔を見たが、松田氏は「ちょうどいい機会でしょう」と了承した。

工事は進み、三重から出てきた職人と管理会社の現場監督は仲良く仕事をしていた。住民の車を外の駐車場に移動させたあとに小屋を建て、職人の溜まり場にした。職人は昼などに集まって脚を組み、茶を飲んでいた。志保が覗くと職人はじっと見つめるだけで、「ご苦労さま」と言うと黙って頭を下げた。監督は職人が結構楽しんでいると言った。タイル職人とはいえ、タイルを貼ったのは公衆浴場や旅館の風呂の富士山くらいで、十階建てのマンションなど初めてで、職人の親方はここで技術を積むことができれば多少工賃が安くてもいいと言っていたそうだ。予算と仕上がりに面子《メンツ》をかける松田氏は、都会に不慣れな職人を使うことでずいぶん肝を冷やしただろうと志保は心中を推し量った。

夏に始めた工事も四か月を過ぎ、タイル工事は終わりに近づいていた。年明けに塗装をし、駐車場の床を貼り替える。多少の遅れはあるものの、正月には正面の足場だけは外して、エントランスの格好をつけられそうだった。

風の冷たい日、自宅に向かう志保の後ろからスーッと寄って来た車の窓が開き、「お乗りになりませんか?」と声がした。軽自動車の松田氏であった。「お乗せするような車ではありませんが」と謙遜しながらドアを開けてくれた。

「三重県とはどんなご関係ですか?」

志保は聞いた。鉄鋼会社との昔の縁で松田氏が多くの建設業者との繋がりがあるのは、工事の間に分かってきた。しかし三重県が分からなかった。

「鳥羽でマンションを経営しています。マンションは金沢など他所《よそ》にもありますが」

松田氏は言った。建物の修理から材料費まで詳しいのも頷けた。

「でも主に事業をやっています」

松田氏は続けた。

「漁業組合に入っていましてね」

漁業組合は農業組合以上に他所の人間の入り込めない世界であると松田氏は言った。ズボンにジャンパー、長靴、服装は何とかなるが言葉が違う。たまたま組合が県と争い事があって、組合のために松田氏が県の役人と渉り合った。その実績が買われて仲間に入れてもらえた。なぜ漁業組合なのか松田氏は説明しなかった。

「筏《いかだ》の上を歩くのには結構コツがあるのですよ」

真珠の養殖に投資したのであろうと志保は思った。いつか松田氏の夫人が、夫に世界一の真珠を贈呈すると言われたと笑っていたことが思い出された。

「世界一の真珠なんかより、私はミキモトの連がほしいのに」

夫人は天皇家より古い家系である阿蘇神社の直系で、鼻筋が美しく、目の涼やかな人である。さぞミキモトの連が似合うだろうと志保は思う。夫人は志保に会うたびに、「主人がでしゃばりで心苦しいです」と丁寧に挨拶する。「いえいえ、お蔭でみなが助かっています」と志保も頭を下げる。松田氏はどのようにして夫人を射止めたのだろう。

「筏に乗るのは好きですが、海に落ちたのも一度や二度じゃない」

松田氏は続けた。海の上に浮かべた筏の上を大きな体でバランスを取りながら渡り歩く松田氏の姿を志保は想像した。

「今日は三重から金沢に寄って来ました。五百キロくらいはすぐ走ります」

松田氏の駐車場には金沢ナンバーの軽自動車を見ることもあった。


足場が外れるとマンションはすっきりとなり、居住者の気持ちも晴ればれした。細かい工事は残っていたが、大筋修繕工事が終わったことは誰の目にも見えた。

「だいたい予算内に収まりました」

表情に変わりはないが、臨時総会で松田氏の口調にはほっとした感じがあった。いつものように志保の横の席に腰かけている松田氏は今日は大きく見えた。

「本当に感謝します」

志保は言った。

「すずめはどうなったんですか？　なぜ足場があるうちに侵入口をふさがなかったんですか？」

テーブルの反対側の席から高田夫人が口を尖《とが》らせて言った。

「排気口の維持管理は個人の責任ですよ。組合がすることはありません。屑は手を突っ込んで中から掻き出せばいい」

松田氏は以前と同じことを言った。

「そんなこと、お年寄りにはできませんよ」

高田夫人の声が高くなり、目が吊り上がった。

排気口は途中で曲がっていて手も棒も入らない、ことにお年寄りには無理。さらに家の内から排気口に網を張るなどおよそ不可能で、外から張るほかはないと、高田夫人は以前と同じ説明を繰り返した。今から張るとすれば、ゴンドラを使う方法もあるが費用がかかる。もう一度足場を組むなど論外である。

「最初から私は大規模修繕のときにするべきだと言っていました」

高田夫人の主張に理事の一人が頷いた。

「何度も理事会で言ったのに、なぜ足場があるうちにふさがなかったのですか？　安くすんだのに」

高田夫人には七階の老婦人との約束を果たせなかった怒りがあった。松田氏は内心「しまった」と思っていたに違いない。高田夫人の言うようにやっておけば、わずかな手間と出費ですんだのだ。松田氏は高田夫人の発言に業者の影を疑っていたので、真剣に考えなかったのだ。

「副理事長が時どき素人では分からない工法を口にすることがあるでしょう。業者の入れ知恵ですよ。大規模修繕に入れなかったので、あの業者は高田夫人を焚きつけて何かと嫌がらせをしているのです」

松田氏はこれまでそのように放言していた。

だが、志保の考えでは高田夫人は業者の意図に乗せられていたわけではなかった。松田氏は高田夫人を疑わないで素直にすずめ問題を考えればよかったのだ。

「理事会で決めた修繕予算に入っていなかったのですよ」

松田氏は理屈で逃げた。ほかにもいろいろ要望はあったが、今回は予算の枠を守るためにこまごました仕事をすべて切った。

「七階の鉢は下ろしたじゃないですか。予算を取っていなかったのに」

高田夫人は追及した。

「お宅のコンクリートの花壇も下ろしましたよ」

高田夫人は頭に血が上った。あれは要求したのではない。ついでだから下ろすと松田氏に言われたからではないか。夫人は立ち上がっていた。松田氏も立ち上がった。大男と小柄な女がいずれ劣らぬ気迫で一歩も譲らぬ気配だった。

「まあまあ」と監事が立ち上がった。足腰はしっかりしているが七十五歳、箱根の別荘に滞在していることが多いが、今日はたまたま帰宅していて出席していた。財閥系大企業の役員としての長年の会社勤めや社会生活でもこんな光景は見たことがなかった。両手を広げて思わず高田夫人と松田氏の中に入ったが、両者の顔は見ずに目を公平に二人の間のテーブルに向けている。伸ばした両手だけが二人の間を宥《なだ》めるように揺れていた。

「だいたいお宅の業者ばかり使うからこうなるのです。これではマンションを食い物にしているようなものです」

自身そんなふうに信じていなかったにもかかわらず、業者の口癖がそのまま高田夫人の口から出た。さすがに出席者一同もひどいという顔をした。大臣なら辞任ものの失言である。松田氏は大物ぶりを発揮して黙っていた。

二人の対立は決定的となった。以後、松田氏は高田夫人を無視し、高田夫人は松田氏がいるところには顔を出さないようになった。七階の沢田夫人からは理事会に宛てて、すずめ防止策を講じるようにと手紙がきた。松田氏は高田夫人が書かせたものと考えた。

そろそろ小鳥が騒ぎ出す季節であった。理事会ごとに出てくるすずめ防止策に理事たちはうんざりであった。すずめの出入りする側に上から下まで大きな網を張る案が出た。ほかのマンションでは実施しているところもあるというが、外観が悪いとして拒絶された。管理会社が新たに簡易足場を組んで排気口に網を張る見積りを出した。二百万だった。松田氏は身を削る思いで経費削減に努めたのに、すずめに二百万取られるのは承服しかねると言った。頷く者が数人いた。

すずめはどこに来るか分からず、老人も増えるのだから組合費で全戸に網をつけるべきだと高田夫人は主張した。「しかし足場を作るのは高すぎる」「だから大規模修繕のときにするべきだった」「予算になかった」と、また議論の繰り返しである。

足場を組まなくとも、ゴンドラなしでも方法はあるはずだという松田氏の言葉に一同ほっとした。安い方法を探すことになった。大規模修繕は一応終わっている。予算内で修繕を終えたという結果も出た。志保は、すずめ問題を大規模修繕と切り離して新たな問題にすることで、高田夫人と松田氏は妥協できるのではないかと期待した。

二度と間違いを繰り返すことのないように議事録に事の次第を記録することを、高田夫人は要求した。高田夫人の個人の見解として書くのは構わないと数人の理事は言った。夫人は理事会の見解とすることを譲らない。ともかく管理会社が原文を書くことにして、理事各位に回覧した。松田氏も含め誰も何も異議を唱えなかった。いずれにせよ誰も議事録は読まないというのが、松田氏の腹だろうと志保は思った。考えてみれば理事長として、早くすずめ退治を認めておけば、少なくとも争いの多くはなかっただろう。志保はすずめのように力なく感じた。

松田氏は沢田夫人に排気口の掃除を申し出たが断られた。皆様と一緒に網を掛けてくれという返事だった。高田夫人の差し金だろうと松田氏はますます腹を立てた。七階の沢田夫人のバルコニーから六階への水漏れは止まず、高田夫人は松田氏の配下の工事人が鉢を運ぶときバルコニーを傷つけたためであると言った。

間もなくすずめ防止の専門家がいるという情報が入った。松田氏が表に立たぬよう管理会社が手配して見積もりを出させた。網張りと掃除で六十万だった。理事会に出すとみな了承した。松田氏もそのくらいならと言った。潮時を待っていたのかもしれなかった。


「今年はすずめが多いそうです」

歯医者へ行くためにマンションのロビーから外へ出て来た志保に管理人が声をかけた。

「今日、網を張りますので」

志保は空を見上げた。三月のもやを掛けたような青空が広がっていた。

「天気でよかったですね。よろしくお願いします」

すずめ退治に晴れがよかったのかどうかは知らないが、とにかく工事には天気が無難だろうと志保は思った。

前の道には小型トラックが停めてあった。荷台には横に大きく〈すずめ退治専門 すずめの宿株式会社〉、下に千葉県云々と書かれている。いろいろな専門業者があるものだと志保は感心した。荷台には小型クレーンやゴンドラ風の鉄製の箱、ワイヤーその他が積んであって、若い男が二人荷下ろしを始めていた。

志保は振り向くようにマンションを見上げた。大規模修繕を終えたタイルの外壁は明るい陽を受けて淡いグレーに輝いていた。これですずめを追い出せば大規模修繕も仕上げとなる。

管理人がトラックの方に近づいて何か言っていた。駐車の仕方の注意だった。道路は警察が厳しく、敷地の中は住民がうるさい。

「ご苦労さまですね」

志保は管理人に笑いかけた。

管理人は管理会社を定年退職したあと勤めている人で、理事の一人が、勤務を九時からではなく、八時に繰り上げを求めたことに腹を立てていた。ここは東京の真ん中だ、取手から通って来ているので、開始が八時だと女房は五時起きで弁当を作らなければならないと言うのだ。ところが高田夫人に、なぜ自分で弁当を作らないのかと言われ、管理人はさらにむくれていた。

ちょうど高田夫人が小さい白い犬を連れて出て来た。管理人はそっぽを向いた。夫人は千鳥ヶ淵方向に向かった。黒々とした頭、ツンとした鼻が出た横顔が見える。黒のパンツにジャンパー、ウォーキングシューズ、小さなリュックを背負い早足に歩く姿は一見中年に見えるが、来年は七十を迎える。夫人の夫は数年前に倒れた。リハビリのために医師に勧められて犬を飼った。犬に引かれ、夫人が付き添って散歩をしていたが、夫はこのごろ臥せりぎみだ。夫が出られないときは、夫人が犬を散歩させている。夫人はすずめ事件の一方の立役者、今日は退治の経過を見届ける前に散歩をすませておくつもりだろう。なるべく顔を合わせたくないと志保は思った。会えば、「今日立ち合っていただける?」と言われかねなかった。網が張られ、すずめが慌てて飛びだす間、背後に高田夫人の「大規模修繕ですずめの処理をしておけば二度手間にならずにすんだのに」という無言の非難を感じるのはなんとも気が重い。

幸い高田夫人の向かう先は歯医者と反対の方向だった。志保は急いで歩き出した。このマンションが建ったときからバブル経済を経て、あたりの屋敷は姿を消し、代わってマンションが増えたが、新しいものほど豪華になった。石やタイルの壁がさまざまな意匠で聳えている。すずめの入る隙はないのだろうと志保は上を見上げた。排気口がないはずはない。裏にあるのだろう。すずめの声はしなかった。散り際の梅の香だけが漂っていた。

先の道から黒の対向車が左折して侵入して来た。三菱の軽自動車である。松田氏がどこか地方から帰って来たのだろう。高田夫人と運よくすれ違ったものである。すずめ退治の日に二人がマンションの入り口で鉢合わせをすれば火花が飛びかねなかった。大規模修繕が始まったころは同士のようだった二人が、犬猿の仲になったのはいつからだったろうと志保は思った。すずめが仲を悪化させたことは間違いなかった。

午後遅く志保が帰ってくると網掛けは終わっていた。高田夫人の姿は見えなかった。松田氏の駐車場には黒の軽自動車が入っていてＢＭＷはなかった。松田氏は着替えて日本橋の本社にでも行ったのだろう。

「終わりましたね」

ごみ捨て場の前を掃除していた管理人に志保は声をかけられた。ごみ捨て場の前の日溜まりに大鉢が四つ、ガーベラとキンギョソウを溢れさせていた。志保はマンションのロビーと廊下を飾るために毎月花を選んでいた。管理人は花好きだった。業務には入っていないが、花の世話をしていた。水をやり、形を直す。これは大変ありがたかった。その上、陽があるかぎり外に出すので花は伸び伸びと元気に花弁を伸ばし、ごみ置き場や消火栓の横を賑やかにしていた。一方、肝心のロビーや廊下には花の姿は見られず、エレガントな曲線を持った鉄製の鉢受けばかりが花なしで目立っていた。花が鉢受けに載ってマンションを飾るのは、雨の日か夜ばかりということになる。志保は不本意だが花を可愛がる管理人にあえて苦情を伝えられない。

「いつも花の世話をしていただいてありがたいわ」

花は昼間も中においてもらいたいのだけれど、と喉まで出かかるが呑み込んだ。

エンジンの音がしてすずめ退治のトラックが出ていった。

〈すずめの宿〉――志保は流れていく文字を読んだ。すずめを追い出す車が〈すずめの宿〉とは皮肉だった。

「すずめも気の毒ね。どこに行くのでしょうね」

志保は静かな壁を見上げた。何とない空虚さが胸にあった。

「気にすることはありませんよ。すずめはすぐに次の居場所を見つけますよ」

機嫌よく管理人は言った。

「それにすずめは記録がどうのなんて言いませんからね」

その前の日、議事録の配布が遅いと、管理人は高田夫人に責められていた。

「松田さんは入院するそうですね」

管理人はさらに続けた。前立腺肥大で手術をすることを志保は本人から聞いていた。医者に薬で宥めてもいいと言われたが、これから二十年活躍するためにはすっきりしておきたいと手術をするそうであった。

昨日、犬の散歩の途中で出会ったときに、高田夫人は二度と松田氏の顔を見たくないので理事を辞めると言っていた。夫の看病もあるのだろうと志保は考えた。また、夫人は松田氏が修繕委員長を続けることがないようにしておかなければいけないとも言った。

「修繕委員会はこれで解散。工事のたびに毎回修繕委員長を選びますよ」

志保は答えた。それでも不十分だと言うような顔つきを高田夫人は見せていた。

あたりは静かだった。まだ新芽が見えない街路樹の枝の間から薄陽が差していた。志保はマンションの壁を見上げた。

「すずめは愛らしかったですね」

志保は管理人に言った。

「まあ人間よりはね」

管理人は笑った。


志保はバルコニーに立ったまま隣の庭を眺めた。朝方は雲の切れ目から青い空が見えていたのが、雲が広がり灰色の空気が満ちていた。それでも光が溢れ、生暖かい空気が漂っていて、動けば汗を誘うようだった。庭の芝生を覆う雑草は勢いに溢れていて、その緑が塀際の桜の若葉と鮮やかさを競っていた。すでに黒みを帯びている椿の葉の隣に、狂い咲きのように凌霄花《のうぜんかずら》が一輪見えた。灰色の梅雨の中のまばゆく明るいオレンジ色は、南国の青空の下のハイビスカスの輝きよりも鮮やかだと志保は見惚《みと》れた。

前のオフィスビルの遮蔽窓《しゃへいまど》の桟に鳩が二羽頭を向き合わせて止まり、互いに突《つつ》き合っていた。志保は鳩が怖かった。理由はない。すずめが可愛いかったのと反対である。英国大使館周辺の林では今もカラスが通行人を睨んでいた。鳩とカラスは意地悪に見える。

すずめ退治から十二年が経っていた。

また大規模修繕の時期が訪れた。理事会では修繕の話を始めていた。沢田夫人は亡くなり、志保の「先輩」も亡くなった。高田夫人も夫について亡くなった。夫人の葬儀は親族だけで行われたが、遺影に使うためにお気に入りの写真を本人が生前に用意していたそうだと管理人が話していた。

松田氏は夫人を亡くしたあと一年ほど萎《しお》れていたが、修繕担当理事は続けていた。最近では三菱の軽も動き出し、次の修繕委員長も引き受ける元気がある。

「欧米のように古い住宅ほど資産価値があると言われるようにしなくてはならない。百年もたせますよ」

「これからもよろしく」と言う志保に、松田氏の返事は頼もしく聞こえた。

志保は、新しく入ってきた中央省庁公務員の妻で、子供が成人している五十代の夫人を説得して理事長になってもらった。志保がマンションの理事会が革椅子に座った男性理事たちによって開かれていたかつての様子から説き明かすと、夫人は頑張ってみると引き受けてくれた。

理事のなり手がいないのは相変わらずであった。理事の定員を五人にし、商社を退職してOB会の世話をしている六十代の男性を経理に、医師で七十代の男性を総務にしたが、まだ一人足りなかった。IT企業勤めの三十代の男性や四十代の企業弁護士などが一旦は引き受けたが、間もなくシンガポールと香港に転勤した。中国系の五十代の人が家族連れで越して来たが、誰も「理事に」と言わない。

「高田さんがやってもいいと言っています」

管理会社が耳寄りな話をもってきた。亡くなった高田夫人の息子である。三十過ぎで、顔が大きい体格のいい人で、高田夫人とは似ていなかった。

「設計事務所にいるので何かとお役に立つかと」

そう言って自己紹介した。

松田氏のほかに建築の分かる人が理事にいてくれればありがたいことで、歓迎すべき新人であった。

志保は引き留められて議決権なしの監事を引き受け、理事会の形がついた。新しい理事長は、区役所を訪ねて耐震工事のための調査に対する補助金の有無を調べはじめた。

理事会に出るたびに、高田ジュニアは、マンションの小さな修繕工事の材料の購入や入札業者の決定過程などについて詳細な説明と公正さの証明を求めた。志保は何となく高田夫人を思い出した。

松田氏は夫人を亡くしたころから耳が遠くなった。自分はしゃべるが、人の話は聞いていない。人の表情を読むこともしなくなった。高田ジュニアから質問されると、答えは長く、多岐にわたった。オリンピックを控えた業者の思惑、人手不足、コストの上昇、さらに「三重」や「金沢」の業者へと話は広がり、半世紀を超える経験は語れば堰を切ったように留まるところを知らなかった。年輩の理事は時計を見ながら黙っているが、高田ジュニアは横を向き、苛立ちで顔が膨らんでいた。

総会が近づいた理事会で、志保は高田ジュニアが最近理事会に欠席を続けていることが気になった。高田ジュニアは理屈を言うが、自分では何もしないので、ほかの理事は高田ジュニアの欠席を気にしていなかった。

総会は年に一度開かれ、役員を決め、予算を承認し、大規模修繕や規則の改定などを決めることになっていた。今回の出席者は、理事長を入れて五人の理事、監事の志保、住戸を貸しているオーナーが二人、あとの住民は理事長一任の書類を出していた。新理事長が次の大規模修繕の予定を含め、議事の内容を説明し、議題はすべて承認された。ほっとした雰囲気が広がり、書類を重ね直す音がし始めたところで、突然、高田ジュニアが手を挙げた。

「質問ですが、そもそも松田氏に理事の資格はあるのですか?」

議題にはなく理事会でも出たことがない話題に、出席者はあっけにとられた。オーナーたちは何事かと目を見開き、耳をそばだてている。

「松田氏は所有者ではありませんよね。所有者ではない人が理事をしているのはおかしいじゃありませんか」

高田ジュニアは大声で言った。松田氏が住んでいる住戸は本人が買ったが、名義は娘になっていた。娘夫婦は以前は別に住んでいたが、夫人が亡くなってからは松田氏と同居していた。

「でもここに住んでいらして、長年理事をして、この前の大規模修繕をやってくださったのですよ」

理事長は慌てて言葉を探した。松田氏がいなくなっては次の修繕が困るのである。

「ではどうすればいいのですか？　所有者である娘からの委任状でも作りますか？」

松田氏はそう言ってゆっくりと首を動かした。

「委任状ぐらいでいいのですか？」

高田ジュニアは無愛想に管理会社の担当者を見やった。

「調べてみませんと」

管理会社は組合員同士の争いには関わりたくない。

「やってくれと言われるからいろいろと努力をしているのに、資格なんぞと言われたらマンションのためにやる気も失せます」

松田氏はむっとした顔で言った。

「長年住んでいるのに、最近理事になった人にいろいろ言われたくありませんな」

松田氏は高田ジュニアを正面から見た。

「〝長年住んでいる〟と言うなら、僕なんか子供の頃から住んでますよ」

高田ジュニアも気色ばんで松田氏を見すえた。

「小さなマンションで、理事になる人もいない、そこに実際に長年住んでマンションの維持のために働いていただいている方に、資格云々はないじゃありませんか」

志保は口を挟んだ。古いというなら志保がいちばん古い。

松田氏は表情を変えず前を見ていて、高田ジュニアは頰を膨らませて天井を見ていた。

当惑したような顔つきで理事長は閉会を宣言した。

二人のオーナーを送って志保は外に出た。この二人は最初にマンションを購入した人たちの姪と孫だった。買った人たちと志保は、かつてお茶に呼び合っていたのだ。

志保は夕陽が射し始めたマンションの壁を眺めた。十二年前、このような晴れた日にすずめを追い出したのだった。隣の梅が散り、樫の緑が美しかった。あれ以来、すずめはもういなかった。

高田ジュニアは高田夫人からすずめ騒動を聞かされていたのだろうか。志保はふと気になった。もし、恨みが伝わっているとすれば、次の修繕はすずめ以上に騒がしくなるだろう。

夢ころも

「今年は平成四年か」

千代田区三番町の一角、二、三百坪ほどの二軒の屋敷に挟まれた小さな自宅を出た矢島正人はジャンパーの襟を緩め、張りつめた青い空を眺め、確かめるようにつぶやいた。長い昭和のあと、平成に改元されて以来若い数字は馴染みにくく、年が明けてかなり経つというのに時どき確かめないと時代がつかめない。地上に目を移すと、バブル期にめっきり増えたマンションのなかに、残った三軒家がいかにも土地にしがみついているように見えた。隣家の石垣の隙間に顔を出したタンポポが陽を浴びていた。妻はいない、自分は一人だったと、ふと正人は思う。

正人がこの家に住み始めたのは結婚が機で、もともとは妻の母方の祖母が隠居所のようにして住んでいた。千代田区は、大企業や政府関係の施設や屋敷が多い麹町区と商業施設や小住宅が中心の神田区が合併してできた区で、皇居を挟んで北と南とでは全く雰囲気が違う。

実家が日本橋で先祖代々お城の近くに住み慣れた妻には、正人の実家があった上野毛《かみのげ》は都心からは遠い郊外だった。田園調布や成城は同じく田舎であり、町の庶民は市谷から神田あたりに住むものという感覚を持っていた。三十年の月日では妻のそのあたりの感覚には同化できなかったが、正人は落ち着いたこの地の雰囲気が気に入っていた。

一年前、妻を喪《うしな》って半年後に正人は三十六年間勤めた大手電気メーカーを定年まで二年残して退社した。会社は丸の内にあり、茗荷谷《みょうがだに》の研究所に通った数年を除くと、正人は毎朝自宅から坂を下っては上り、靖国通りを左に折れて十数分のＪＲ市ケ谷駅に急いでいた。消化していなかった有給休暇を加えて一月に出社しなくなってから一年と二か月、正人はどこに行くにもゆっくりと歩くようになっていた。

ゆっくり歩くようになると、なじんでいた建物があった場所に新築が現れたり、古い木が植え替えられていたりするのに気づく。一年歩いても知らぬ角を見かける。同じ角でも季節によって印象が変わった。

出歩くのに特に目的はなかった。毎日一度は外出することにしているだけだった。友人と会うこともあれば、欠かせぬ用がない日は、新聞で見かけた展覧会に出かけたり、北の丸を散策したりしていた。

今日は久しぶりに神田の古本屋街をふらついてみるつもりだった。考えれば妻が亡くなってから神田へは出向いていなかった。九段坂には荷車の後押しがいたというほど急な坂を、神保町に向かって下りると右手は牛堀だ。冬には渡り鳥が羽を寄せ合っていることがあり、あと一月もすれば菜の花や桜が彩る。

坂を下りきって俎橋を渡りながら、頭上に高速道路がなければお濠の優雅なカーブが見通せてあたりも綺麗になるだろうにと、効率第一で道路を通して都市の美しさを殺す愚に腹を立てる。橋を渡ると町の表情が変わる。小さなビルがひしめく合間に落ち込んだように武道用具の専門店、刃物屋、店先に座り込む作業員が見える天ぷら屋、眼鏡屋、倒れそうな木造に「未成年禁止」の張り紙が見えるビデオ屋、楽器屋、軒先に足袋を下げた靴下屋の隣は最近できたコーヒーのチェーン店、たまたま三軒先には老舗の珈琲屋〈はつね〉の字も定かに読めない看板が下がる。道路の反対側の壁が剝がれかけて緑の網をかぶせたビルは一向に建て替わる気配がなく、一階の数軒はラーメンやそば店で繁盛している。

やがて古本屋が軒を連ねるようになり、そのなかの一軒、木枠にガラスをはめた引き戸が四枚並ぶ入り口、傾いた二階部分の道に張り出した手すりの上に黒ずんだ一枚板の看板が〈羽仙堂〉と読める店に正人は寄るつもりだった。

店の狭い通路の両側には天井まで届く棚に本が溢れ、古書、それも雑多な品揃えで、紙のジャングルに迷い込んだように感じる。洋の東西を問わず、美術、地図、天文まであるのが楽しく、現役のころから正人は訪れていた。何より店主が不思議な雰囲気を持っていた。年齢不詳、髪は豊かで皮膚には皺が刻まれ、細い体が椅子から立ち上がる姿は柳のようで、女性かと見まごうつつましい小さな足、かと思うと本を差し出す手はごつごつしている。細い目に通った鼻筋は気高いほどで、髭あともなく、店を出るときには仙人の宿を出たような気持ちになるのだ。

帰りに〈まつや〉か〈やぶ〉でそばを食べるつもりだった。

散歩には理想的な日和と見えた。まだ重さのない空気がそれでも暖かい湿気をほのかに浮かべ、風もなかった。一番から六番までこの番町界隈は一戸建てが急速に姿を消してマンションに変わった。マンションも植栽を競うが、正人には公園のように感じられ、ところどころ残る古びた家屋の庭師の手入れが偲ばれ、数世代の時間を思わせる庭木の佇《たたず》まいに足がつい止められた。

大通りへ出る手前で正人は右へ曲がった。何年ぶりかで通る道の先に大谷石の塀の角が修復されているのが目に入った。

——あの塀、地震がきたら大丈夫かしら?

並んで歩いていた妻が言った声が蘇った。季節はいつだったたか。あのときはめずらしく二人でこの通りを歩いていた。石の凹凸の間に時間を吸い込んだようなくすみが溜まり、漆喰が毀《こぼ》たれたところは塀が傾いていた。「危ないね」と正人も応えた。

今日は黄みがかった若々しい色の石が、風雨の痕を留める色の間にいかにも継ぎを当てたようにはめこまれ、陽を跳ね返していた。家の主も危険だとついに認めたのだろうかと思いながら塀をめぐっていて、正人は思わず立ち止まった。穏やかな衝撃があった。玄関先から隣家にかけての部分はまだ塀の一部が壊れたままで庭が開け放たれ、中央の小さな池のそばに妻が何もまとわず、首と両手を上げて立っているのを見たのである。またあの幻影だった。瞬きをして見つめ直すと、年を経た百日紅の木の肌が陽を受けて目にも鮮やかに輝いていた。百日紅は半ば腰をひねり、枝を広げ、乳房に似た瘤に影を見せ、雪のように白い、絹のように滑らかな艶を見せていた。

呆然と百日紅を見ている自分を引き剝がすように正人は歩き始めた。脳裏には妻の白い腰、伸ばした柳の枝のような腕が木の肌と重なり、ただ一つの存在のように映し出される。左右に並ぶ爛漫の八重椿の赤も、柘植《つげ》の間のほのかな山茶花も脳裏に映像を結ぶことなくレンズを通り過ぎていく。正人は用心のために持っていた傘の柄をにぎりしめ、傘の芯がめり込むほど地面に押しつけた。頭を激しく振ったが白い形は消えなかった。この十八か月、妻の姿態は白い影となって眼球の底にあり、すべての映像はその上を掠《かす》めるのだった。その影は、あるいは眼底ではなく、気持ちの闇の奥に沈んだのかもしれなかった。正人の足はいつの間にか角を反対に自宅へと向かっていた。

妻は一年半前に亡くなった。一日ごとに木々が秋の色を深め、夜の冷え込みがつのっていた。その晩もいつものように正人は先に風呂に入り、ベッドでうとうとしながら探偵小説を読んでいた。

「お風呂いただきますね」

柔らかい声が寝室の外を通っていった。それが正人が妻の存在を確認した最後の声だった。

明け方近くふと目を覚ました正人は、隣に妻がいないのに気づいた。ぼんやりと思い返すと、昨夜も手を伸ばしてランプを消し、本を半ば放り出して目をつぶり、ほどなく熟睡したらしい。妻が部屋に入ったかどうか知らなかった。霧が晴れるように戻ってくる意識のなかでベッドを見やると、重ねた毛布はきちんと折ったままで枕もふっくりしていた。

まさかと思いながら起き上がると廊下は明るく、居間からも光が洩れていた。はっとして正人は浴室を覗いた。低い浴槽の縁に片足のくるぶしが掛かり、腰をひねる形で反対向きに白い姿態が両手を伸ばして洗い場に横たわっていた。

反射的に正人は浴室の外にあったバスタオルを取り、妻の体を覆った。呆然として立ち尽くした。電話をしなければいけないと思った。

その後のことはよく思い出せない。救急車が到着し、息子たちが駆けつけた。正人はただ雲の中を漂っていた。妻の白い体だけが頭にあった。

救急隊員、医者、息子たち、さらには警察から、正人は妻がどのように倒れていたか繰り返し聞かれた。正人は答えることができなかった。第一発見者であるにもかかわらず、正人は何も見ていなかった。見たのは絹の紐のように伸びた女性の体だった。仰天した頭に浮かんだことは、体を覆ってやらなければということだった。無意識にタオルを掛けていた。なぜそうしたのだろうと幾度も正人は自問した。倒れていたのなら、なぜ、まず抱え起こさなかったのか。調書によればありえないが、まだ息があったかもしれない、いやまだ体温はあったかもしれない。まだ最期の温かさが残っていて、抱きしめれば妻に伝わったかもしれない。何より何か妻の最期を覚えていたかもしれない。

いかに記憶を攻めても、妻が倒れていたこととその最期の表情を見なかったこと以外は、何も出てこなかった。考えようとすると、腰をひねり向こう側に横向きになった白い体だけが頭に浮かんだ。「死亡時刻二十三時三十分。くも膜下出血」と告げられた。

家に帰ってきた妻は白木の棺に寝かされていた。化粧を施された妻は生きているようにみずみずしかったが、いつも見慣れた薄化粧の顔とどこか違って見えた。妻は朝起きるとすぐに薄化粧して身なりを整えていた。その姿と異なる目の前の人は、妻ではないかもしれなかった。


妻は正人より五歳年下だった。大学を出た年に見合いで正人のもとに来た。実家は江戸時代から続く日本橋の商家で、近年はワインやコーヒーなど食品の輸入をしていた。幕末には武家から嫁を迎えなどした伝統は、町家のおおらかな家風の中に儒教の礼法も加えていた。分をわきまえ、堅実を基本としながらも、商いの豊かさは着物や習い事の華やかな雰囲気に現れていて、俸給生活の家庭に育った正人には、妻は香りのよい水の流れのように感じられた。妻には姉と弟がいた。

正人の父は静岡の郷士の家系の次男で、東京の大学を出て大手の商社に勤めた。社会のために働き、国を富ますことを使命と信じて働き、長年代表役員をしていた。母は静岡県の小地主出身の大学教授の三女で穏やかな専業主婦で、正人には兄と姉がいた。一家は上野毛に住んだ。妻も正人も、育った家庭は典型的な中流層として幾世代も同じように生きてきた。分を心得、まっとうで真面目だった。平凡をよしとし、変化を避け、しきたりを守っていた。

基本的に生活観が共通していた正人と妻は、双方の家族と折り合いもよく、二人の息子をもうけた。劇的なことは何もなかったが、正人は普通に働き、常識的な昇進を重ね、妻は稽古事やボランティア活動に時間を使い、子供も普通に進学して就職し、安定した家庭の伝統がもう一世代続くかのように思われた。

妻は羞恥心が強かった。三十年の結婚生活の間、正人は一度も妻の裸を見たことがなかった。寝室の窓はいつもきっちり閉じられ、足元に落とした照明のかすかな光がスリッパのありかを浮かび上がらせていた。結婚当初はともかく、ともに暮らして十年も経ったころに一度見たいと迫ったが激しく拒否された。恐怖の色さえ浮かべた妻のあまりに真剣な表情が哀れになり諦めた。別に隠したいような体の欠陥があるわけではなく、純粋に羞恥の念が全身に回るようなのだった。無邪気な顔をして隣に寝込んでいるときなど、掛け物をはがしてやろうかと思うときもあったが、拒否されたときの目を思い出すとその気もしぼんだ。そこまで嫌がっているものを無理に力で押し通すこともなかった。胸も脚も露わで、裸かファッションか分からぬ姿が街にいくらも溢れていた。

雑誌などが「女は暴力を待っている」とか、「拒否はジェスチャーに過ぎない」などという記事を載せているのは知っていたが、妻を見ているかぎりそのような作為は心底見えなかった。体を誇り、人目にさらすことを魅力だと思う女性がいる一方で、想像もつかないほど抵抗を感じる者もいるのだろう。

正人が幼いころ、母親がお手伝いのことを、「女も四十を過ぎると恥ずかしさも失うらしい」と非難めいた言い方をしたことがあった。正人の前で服がはだけてシャツがのぞいたことに眉をひそめたのである。以来、正人は女性の羞恥心は若いときだけだという観念を持っていたのだが、妻は五十になっても身だしなみが変わらなかった。

三十歳の頃、正人は上司とアラブのビジネスマンを接待したことがあった。アラブにはない温泉の話で席は盛り上がっていたのが、話が銭湯に及んだとき目を輝かせていた男の顔色が変わった。男は顔を赤らめ、故郷では幼いときから湯浴みは一人でするもので、男同士でも肌を見せ合わないと言った。目を見開いた上司は上機嫌になり、日本には「裸のつきあい」という言葉があると文化論議を始めた。男の身を縮め消え入りそうな様子は、男の裸に寛大な日本の文化しか知らなかった正人には異様に映った。髭面の大の男が昼間の商談で見せた憎らしいほどの闘争心は跡形もなく、恥ずかしさに消え入りそうな様子は奇異を通り越して気の毒だった。さらにその当惑ぶりを上司は面白がり、嵩にかかって、日本には混浴の風習もあると言い出した。男の顔が泣きだしそうにゆがんだとき、正人は上司の想像力のなさに憎しみすら感じた。あれは文化の違いだった。そこまで文化は人の感性を創ることがある。

しかし妻の場合は、江戸時代の武家階級に育って生きているわけではない。共学で育ち、プールや海辺で遊んだはずである。妻の羞恥心は全く個性なのだろう、それならば尊重するほかはないと正人は考えていた。

その妻が最期に何もまとわぬ姿を残していったのは、何とも皮肉であった。倒れている妻の体を正人がまず覆ったのは、何より妻がそれを望んでいると直感したからだった。瞬間的に覆うことしか考えなかったために、目は妻の体を映像に留めていなかった。脳に残されたのは伸びた白いものであった。それは体の線や顔の表情を具体的な形で示すことなく、妻という抽象画を描いていた。そのため妻は時と場所を問わず、自在な形をとって正人の前に現れるようになった。

葬式のあと、正人は機械的に出勤した。型通りに挨拶を続け、適当に説明し、常識的に振舞った。数日の間の留守中の業務の乱れは、小石を投げた池の波紋より早くおさまった。会社の事業は何一つ変わらなかった。

帰宅するとひとけのない玄関に「お帰りなさいませ」と妻の声がした。座敷に置かれた白絹に包まれた骨箱の前に座ると、箱は広がり、左右に柔らかに伸びて、最後に見た白い肢体のイメージが重なった。隣に置かれた写真の、花のような笑顔はなぜか他人のように見えた。

正人は退職を考えるようになった。父親とは異なり、仕事が命というタイプではなかった。

特に仕事が気に入っているわけでもなく、余人をもって代えられぬような仕事を任されているわけでもなかった。真面目で誠実な人柄が敵をつくらず、信頼されていただけである。息子二人はまともな家庭の女性と結婚し、普通の社会人として暮らしている。今の正人には家族のために働くという漠然とした、しかしまっとうな理由はすでにない。定年まで勤めれば家庭の責任という自縛から解放されるはずだったが、妻を亡くしてその自縛も消えた。効率万能の世の中、自分が去れば会社も高い管理職手当てを一人分節減できるだろうと正人は勝手に考えた。

家は時どき手は入れたものの古びていた。息子たちがここに住むことはないだろう。高い固定資産税を払うのはつまらない、なにより払えないと息子たちは言った。共働きの息子たちは結婚すると、この地に何の未練も見せずに品川と汐留シオサイトの高層住宅に去った。この家は住み捨てればよい。いまさら買いたいものもない。車もいらない。年金と退職金、妻の財産もあった。妻に多少は残してやりたいと考えていたのが逆になった。求めるものがなくなった心と頭の隙間を、妻の姿態が占めるようになった。その姿態は予想だにしなかった鮮やかさで生きていて、正人の体の隅々まで手を伸ばしていた。そのイメージとの共存が当面の課題であった。

一人になった正人を心配して嫁たちも電話をしてきた。食事への誘いや音楽会の招待、はては健康のためのジム通いまで提案してくれる。気持ちはありがたいが、慰めの言葉にも内容にも何となく違和感があって心が晴れなかった。そもそも嫁たちは、正人が妻を亡くして悲しんでいて、することもない、しかし時間はいくらでもあるという前提で考えている。その上で、忙しい若い者が、自分たちの都合のいいときだけ慰めたいという様子が見受けられた。

これから家庭を築こうという懸命な若い夫婦に、二回りも年上の者の気持ちが量れないのは当然である。生活を維持するだけで忙しいのも分かる。さらに学生同士のつきあいを発展させて夫婦になった息子たちと、「まず結婚ありき」で始まった自分たちとでは生活の型が違う。

——うちには娘がいないからこのごろの女の子の様子が分からないでしょう。息子は現代風に育てておいて、お嫁さんには私たちのころの女の子を期待なさっては駄目よ。

息子が年頃になったころに妻に言われた。当然だと思った。正人とてこの時代、大勢の女性が働いているのを目にしている。男性社員に代えて配下に置きたいと考えた優秀な女性もいた。男性優位などという気は毛頭ないと思っていた。だが、現実に嫁に対すると戸惑いがあった。素直で礼儀正しく、いい娘だと頭は考えた。自分に対する言葉遣いも態度もいい。しかし、息子と嫁のやり取りを耳にするときの落ち着かなさはどうしようもなかった。

——どこにしようか？

待ち合わせ場所を決めている息子の声が聞こえる。日曜に二人で訪ねてきたのだが、これから別行動で夜また会うらしい。

——大江戸線のシオサイト駅の四番出口で七時は？

——そうだね。書類、持ってきてね。

——いいよ。花野のコーヒー忘れないでね。

嫁はそれから舅に対して口調を変え、「失礼いたします」と辞儀をするとさっさと門を出て行く。そのあとに門を閉め、振り向いて手を振り、息子はいそいそと追って行く。

——うまくいっているようね。

手を動かしながら妻は微笑んでいた。妻は満足なのだろうか。自分とて何も不満があるわけではない。しかし違和感があるのは否めない。声を聞かなければどちらの言葉か分からない会話ばかりではないか。どちらが主人なのか。

会合で渋谷や新宿などに出かけると正人は頭が痛くなった。若い者が大声でしゃべる。いや叫んでいる。あんな叫びは学生運動でやるものだ。騒音のなかを若い娘が誇らし気にミニスカートをはき、ジーンズで脚を開いている。

世間がそうなら息子夫婦はまだはるかにましと言える。それでも抵抗がある。抵抗の気持が正人を落ち着かなくさせた。妻という防波堤を失った世界では、家庭すら浮世の荒波にさらされた。

いま思えば、「行っていらっしゃいませ」と送り出され、「お帰りなさいませ」と迎えられ、父母との関係の延長のように自分も三十年なじんだ言葉と態度を相手に過ごした生活は、さしずめ半島に刻まれた深い入り江で、波は穏やかに陽を映し、夢を覚ます黒船も訪れることがない二人だけの世界だった。

その世界が失われたいま、新たな外来人と折り合う気力はない。かつては現実だった幻想の世界に身を置き、幻影とともに過ごしたい。その幻影はどこにも存在するのだった。

「心配してくれてありがとう。一人でやれるから心配しないで」と正人は言いながら、嫁は息子に体を見せたのだろうかと思った。思った瞬間、親切な電話も鬱陶しくなった。

妻が倒れていた浴室には足がすくんで近寄ることができなかった。長年の湯に洗われた檜の湯船の縁は、体を覆ったタオルから出た妻のかかとのほのかな影を引いていた。何度まばたきしてもそのイメージは正人の脳裏から消えず、薄れることもなかった。妻のかかとは五十歳を過ぎているとは信じられないほど柔らかだった。苔むした岩のように荒く、硬くなった自分のかかとがその柔らかさに触れると正人は極楽の世界に触れたような気持ちになった。ほぼ同じ年月体を支えてきたかかとでありながら、妻のそれだけがなぜ柔らかくいられるのか正人は不思議だった。

まだ二十代のころだった。庭師が落とした枝を積み上げていたのに妻が腕を引っかけて怪我をしたことがあった。足を滑らせて力がかかっていたので、薄物のブラウスを通して腕のつけ根に深い傷を負いかなり出血があった。手当てをしたときの腕から背にかけてのなぞるような曲線がまだ正人の双眸《そうぼう》にある。

気遣う正人に妻は事もなげに「大丈夫、誰も見ませんから」と言った。心配かけまいとわざと理由をつけたのだと察しがついたが、「僕のたった一人の女性なのだから傷つけないでくれよ」と正人の本心は口をついて出ていた。

　そのとき見返した妻の目は驚きと感嘆が半ばしていた。それ以来、妻はかかとを磨き続けたのだろうか。正人が使ったことのない軽石が風呂にいつも置いてあった。もしそうであったとしたらそれは自分に対する妻の気持ちだったかもしれない。

　いつでも寄ってほしいと言ってくれる息子の言葉には応えず、正人は銭湯を探した。自宅から数分の麴町の裏通りにひっそりと佇む一軒を見つけた。意外な発見に心が和んだ。一週間に一度通い、それ以外は熱湯で絞ったタオルで拭いた。それで十分だった。

　発見は銭湯ばかりではなかった。途中に白い割烹着を和服に重ね、背を曲げた老婦人が一人で座る和菓子屋もあった。隣家の壁で支えられているような二階建ての木造で、間口二間ほど、木枠のガラス戸を開けると奥半分は床上五十センチくらいの高さの畳敷きで、手前のガラスケースには数個ずつ幾種類かの和菓子と、婦人が作る大福が置いてあった。大福は畳に重ねたもろ蓋二段にも入っていたが夕方にはなくなっていた。正人は残った大福を二個ずつ何度か買った。背を丸めていそいそと老婦人は経木を折り、端をすっと割いて紐にしてゆっくり結ぶと、

「またどうぞ」と言った。

　歩いていると勧めていたときに漠然と感じていた近隣とは全く異なる世界があった。ごみ収集者と話すこともあれば、町会の役員の顔も覚えた。車の通りを制限する動きがあることも、保育園がないことも聞いた。

年が明けて正人は退職した。これという功績はなかったが失点もなく、大企業の部長としてことなく勤めを終えた。もともと役員になりたいとも思わなかった。人と競争するのは苦手だった。部下を競わせて業績を上げる、有力な上役と組むなどの工作は肌に合わなかった。自分の働きが世のためになっているという思いを持つことはできず、そもそも世のために働きたいとも思っていなかった。もう一度戦争はなさそうであるし、つきあいで一応ゴルフの仲間に入り、家ではカメラをいじり、音楽を聴いてくつろぎ、予想外の出来事もなく、性に合った無事平凡な人生であった。思いもかけず脳裏に妻の体を抱え込んで生きることになったことを除けば。

不幸を聞いて誘いをかけてくれた先輩があった。

「孫は可愛いよ。君もいずれだろう。相手をしていれば気がまぎれる」

慰めのつもりらしかった。一歳になる孫のことを、とろけるような笑顔であれこれと語った。息子たちは孫をもつのだろうか。子供を抱き取る妻の腕が白く伸びる。あの腕が抱くのならよい。自分はただ見ている。妻の腕を見ている。赤子は面倒だ。

すでに連れ合いを亡くした大学時代の友人は、配偶者を喪った直後の心の空洞、虚無感を語ってくれた。心遣いに感謝しながらも、気持ちに素直に乗れないものがあった。友人の言う「悲哀の情」「喪失感」「寂しさ」を正人は感じていなかった。むしろ心は何かでいっぱいだった。正人は一人でそれを持て余していた。それが妻であることは知っていた。妻はその体でしっかりと正人の中に生きているのだった。

暮れに始めた風呂の工事が年明けに終わり、正人は銭湯通いから解放された。寝室の隣にあった洗面所に繋ぐかたちでプレハブの浴室をつけた。合成樹脂の明るい小箱の空間はおよそ陰影のかたちもなく、すりガラスの照明の光の中に、シャワーをはじめ流れるようなデザインのトイレタリー金具がまばゆく輝き、どれほど湯水を飛ばしても構わなかった。

二月半ばになると梅が膨らんできた。ある朝、窓を開けると風に乗って梅の強い香りがした。庭の中央に白梅、隅に桃色を帯びた梅の二本があって、隅の梅は自由に切ることができるように枝を伸び放題にしてあった。その隣の蠟梅は早咲きで、常の気候の年には妻はその木から正月用に大枝を切った。玄関や座敷に淡い黄の薄紙で作ったようなつぼみを散らした枝が広がると庭が移ってきたかのようで、その前に枝の形を整える妻がいた。

——今年はどうしたのでしょう。蠟梅が遅いのよ。

妻がつぶやいたのは昨年だった。床の間には蠟梅の代わりに薄桃色の枝が松に添えられた。今年はどの梅も家を飾ることはなかった。

庭の中央の梅の木は剪定されていて、枝は切ることができなかったが、突き出た細い枝に純白の花がついた。短い小枝を妻は書斎や食卓の上に置いた小さな壺に挿していた。

どちらの木の匂いかと正面の梅に目をやった正人は息を詰めた。太い幹から伸びる細い枝に花鋏を伸ばす妻の、肩から腕のつけ根にかけてのまろやかな白い曲線があった。その手は現実に動いて花が一輪、地に落ちた。見つめていると、こわばりついた幹の表皮がしだいに緩んできた。幹も大枝もしなやかになり空に両手を伸ばし始めた。アモルファスに変身したような木の根元は融通無碍《ゆうずうむげ》に地から離れて、まるで女性のくるぶしのようにかかとを見せてつま立ちした。その姿にずっと以前に見惚《みと》れた妻の立ち姿が重なった。

あのときの妻は、青みがかった淡いグレーの地に桃色と紫の濃淡で梅の花を散らした手描き友禅の小紋に銀糸で織った綴れ帯、桃色の帯締めを締めていた。従兄弟の出演する謡曲の会に招《よ》ばれて矢来能楽堂に出かけるときだった。梅の開き具合を見るように妻は顔を後ろに向けていた。詰めた襟から伸びる首筋を正人は玄関からしばらく眺めていた。梅の精のようだとあのとき思った。妻は自分にとってフェアセックスなのだ。「フェアセックス」——、学生の頃、英語の授業でキーツの詩に現れて覚えた言葉。「フェア」は美しいという意味だった。その響きが連想させる異性は幻影のように正人を捕らえた。いつか美しい性を自分も手に入れたいと憧れた。見合いのあと承諾の返事が来たときは雲を踏む気がした。自分にもフェアセックスが与えられる。大事にしなければと思った。

着物姿がしだいに白い姿態に溶け込み、着物は消えていった。もともと後ろしか見せていなかった頭には顔がなく表情もなく、梅の彼方を向いていて、腰はさらにまろやかにうねるように巻き始めた。しなやかに手脚ばかりがさらに空に伸び、伸びた先の指は柔らかく空間を求めて漂った。そこにはフェアセックスがいた。

脈絡もなくピカソが描いた女性が思い出された。都の現代美術館で妻と一緒に見た。マリー・テレーズに芸術的刺激を受けた時期の作品を中心にした企画だった。どんなに美しい女性が描かれているかと期待して出かけたが、展示されていたものは、肩、胸、腰とすべてがただ丸く、質感ばかりが押し出されていた。目も鼻も口もなく、マリー・テレーズと特定できるものは何もない。

若い日に初めて見たピカソの作品は、「青の時代」のものだった。「海辺の母子像」「アブサンを飲む女」、その崇高な精神、悲哀の情の深さに打たれた。天才とはこのことだと思った。以来長くピカソは見ていなかった。妻に誘われたそのときは進んで出かけた。

——これでは美人かどうかも分からないな。

思わず口にすると、妻は笑って言った。

——でも女性そのものでしょう。

確かに女性の存在感は溢れていた。あれがピカソのフェアセックスだったのだろうか。

——あそこまであからさまにただ丸くては、自分にはとてもフェアセックスとは見えないな。

正人は絵を睨《にら》んでいた。

次室にエロチカシリーズが展示されていた。図版で見たことはあるが、実物は初めてだった。ポルノとどう違うのだろう。美しければいいのだろうが、これは美しいのだろうか。妻と並んで見ているのは恥ずかしい気がした。妻を盗み見ると表情も変えず、展示品の列の前をあっさりと通り過ぎて行った。

——すごいね。

追いつくと当たり障りのない感想で妻の反応をうかがった。

——生殖器のモザイク模様のようね。

こともなげに妻は言った。模様研究者のような観察に、正人は自分の感想が何だったか思い出せなかった。

——おつきあいいただいて。

中二階のティールームで向かい合うと妻は軽く頭を下げた。

——面白かったよ。

さらに付け加えた。

——正直、どんな綺麗な若い愛人が出てくるかと思っていたけど。

嘘ではなかった。正人の反応は気にしていないように妻は言った。

——いつも思うのですけど、肉体の捉え方が、西洋と日本では基本的に違うのね。西洋には古代ギリシャやローマの時代から肉体を誇示する伝統があるのね。肉体は誇らしいものなの。

神様も空で海岸に寝そべる若い女性のおしりを品評しあったりして。

――ギリシャの神様になりたいな。

正人は言った。こちらの先輩は修行の果てに、水に洗われた白いはぎを見ただけで雲から落ちているというのに。

妻は微笑み、構わずに続けた。

――今もファッション雑誌を見るとあちらの人はしっかりしたジャケットを素肌に着ているでしょう? 本当に綺麗だと思うの。肩も胸も腰もしっかりしていて、服はその体を引き立てているだけなのね。私たちには着るものは重ねるもの、体は包んで……。

居間のテーブルに時どき置いてあるモード雑誌の表紙なら目に留めたことがあった。首を上げ、胸を張り、斜《はす》に構えた上半身に羽織った豪華なジャケットの下に胸の谷間がのぞいていた。

――アルマーニよ。いいジャケットでしょう。

めずらしく雑誌に目をやる正人に妻が言った。

――これ、下に何も着ないの?

――そうよ。直接のほうが肌の色に映えて綺麗でしょう。

どうせならもう少しずらせば見えるのに――と言いかけて正人は黙ったのだった。

ピカソは西洋文化の結集の一つかもしれない。マリー・テレーズがピカソにとってどんなミューズであったか。それは美術館入り口に何冊も並べられた美術評論家らのピカソ解説を読めば書いてあることだ。正人にとっての問題は、「私たちには着るものは重ねるもの、体は包んで」と言った妻の言葉だった。なぜ包むのだろう。包んだほうが美しいということか。

ピカソの女性は正人には美しいとは思えなかった。それより、しばらくぶりに一緒に来た展覧会で、顔のないマリー・テレーズの肉体論を嬉しげに語る妻は美しかった。耳に下がる金鎖の先に揺れる真珠が細い艶やかな首に触れるのを正人は楽しんでいた。その首は、淡いグレーの絹のジャケットの下のブルーの絹のブラウスから、さらにおそらくレースの下着とブラジャーから伸びているはずだった。

あの姿も伸びていく。服に包まれたまま薄れていく。白い姿態に重なっていく。着物もジャケットもみな正人のフェアセックスに合体していった。

彼岸が近づいたころ、正人は一枚の葉書を受け取った。差出人は女性で、官製葉書にきちんとした字で、妻の友人が集まる席に、迷惑でなければ招待したいと書いてあった。妻の友人といっても見当がつかなかった。ただ、差出人の名は妻の口から幾度か聞いた覚えがあり、もしかしたら会っていたかもしれず、察するに大学時代の仲間と思われた。

妻が、大学時代はもちろん、高校時代の友人ともつきあいがあることは知っていた。また、中学や小学校の同窓会に出かけたり、子供の友人の母親同士で気が合う仲間だとか、さらに文化遺産保存や外国の貧しい子供に学資を送るボランティア、絵画や音楽の仲間もいたはずである。しかし、差出人の具体的な顔が浮かばなかった。

正人はよく人を自宅に招いた。妻は料理の腕を振るってもてなしていた。妻が機嫌よく客の相手をしてくれることに正人は満足し、ひそかに自慢もしていた。仕事関係は一度きりの招待で終わることがほとんどだったが、高校時代の数人の友人夫婦とは、夫婦ぐるみでのつきあいが長く続いていた。さらに、正人の勤め先や大学の先輩関係の集まりやパーティーに二人で出ることも多かったので、妻は正人の交友関係をよく知っていて、家族の不幸などがあると話は通じていた。

反対に正人は妻の友人をほとんど知らなかった。金融コンサルタントや弁護士、公務員、大学教授などの友人がいることは知っていた。だが、顔は知らない。妻が大学時代の友人数人を週末に家に招いて食事をし、正人も同席したことはあった。しかし、それも何年かに一度であり、顔も名前も頭に残っていなかった。ボランティアそのほかの集まりを定期的に家でしていたのも確かだが、その集まりは正人が帰宅する前に解散していた。妻の心遣いを感じながら、その方がありがたいとも思っていた。

葉書を読んだとき、正人はまず面倒だと思った。その後どうしているかなどと余計なことを聞かれては迷惑である。だいたい女性と楽しく話せるタイプではない。妻の友人なら五十を過ぎて、すでに若くもなく、暇と家庭に浸《つ》かった人たちだろう。億劫さが先に立ち、丁重に断りたいと思った。

引き出しを開けて葉書を探した。切手は色とりどりにあったが、葉書がなかった。買っておかなければいけないと思いながら、なぜ妻の友人に招待されたのかと考えた。妻のために集まり、その夫をさして面識がないにもかかわらず招いてくれるというのは、妻が仲間うちで大切にされていたからなのだろうと思い返された。いろんな話が出るだろう。友人から見た妻は自分の知らない顔を持っていたかもしれない。それを知れば、頭に住みついて離れない姿態が影を薄くするかもしれない。しかし、影が薄れることを望んでいるのか恐れているのか、正人にははっきりしなかった。

穏やかな週末の一日、妻の友人の招待に応じて、正人は上野池之端に出かけた。風もなく陽がまぶしかった。JR上野駅に出て公園口からコンサートホール脇を抜けるとき楠の大木の緑が新芽と見まがうほど鮮やかだった。新しい春がめぐって来ていた。

池に向かって公園を突っ切ろうと早足になったところ、激しい音がして噴水の柱がいっせいに立ち上がった。正人には妻が手を上げて天に伸び上がったように感じられ、水のしぶきは妻の激しい感情を惜しみなく撒いているようでもあった。しぶきはあるときは真上に、あるときは水柱の腰のひねりでねじれて水平に曲線を描いて飛び、水滴一粒一粒は春の陽に映えて、光る細胞が乱舞しているようだった。見ていると細胞は陽を反射しているのではなく内部の光を放っているのだった。上野は幾度も訪れたが、乱舞する水滴に出会ったのは初めてだった。その高く低く飛ぶ光の芯に妻の白い形が見えた。正人はしばらく水音を聞いていた。時刻を知らせるオルゴールのような音が混じって白い形は動いたようだった。時間かもしれない。正人は振り切るように噴水に背を向けた。

広場を渡って木々の間を不忍池に向かって下ると、右手になる料亭前には待ち合わせらしい女性が数人ずつかたまっていた。踏み石を踏んで小さい玄関に入ると、着物の女性が先に立ち、踏みしめると頼りなく感じられる木の細い廊下を伝って池を見下ろす十畳ほどの部屋に案内された。部屋には女性が集まっていた。いかにも熟年という集団だった。衣服の織り成す色とりどりの組み合わせの中に、染めた黒髪や白髪の混じった頭が八つ、いっせいに正人に向けられた。

案内されるままに正面の示された席に腰を下ろすと、誰とも見分けられぬ顔と色彩の向こうに池が広がり、自由奔放に伸びた木々がそれぞれの若芽を自在に伸ばして水を遮《さえぎ》っていた。木々と部屋の縁側の間には二間ほどの空間があり、水仙が群れ、手入れと無縁の椿や梅の枝が名残りの花を留めていた。つくらぬ庭はこの上なく爽やかだった。正人は少し落ち着いてきた。

顔が見えはじめた女性のなかの数人には面識があった。「長時間おじゃましまして」と挨拶しながら、またひとしきりしゃべって帰っていった際に挨拶した覚えがあった。

――貴方が嫌な顔をなさらないから嬉しいわ。

微笑む妻の顔があった。顔が浮かんだのはめずらしいと思ったとたんに正人は狼狽した。

葉書をよこしたのは正人の正面にいるグレーのスーツの人だった。明るい色のスカーフに季節感があった。主婦という感じではなく、教授か何かの委員を務めているものと推測された。

妻とは大学以来の長いつきあいであり、ほかの人もそれぞれ妻と親しく、いずれもかけがえのない友人を失い、そのあまりに早い死を悼んでいた。追悼会という大げさなものではないが集まりたいという声が出て、いちばん悲しんでいるであろうご主人を招くことになった、今日は出てきていただいてありがたいと、正人に弁明のような挨拶をした。

正人は招待の礼を言い、妻がよい友人に恵まれていたのが嬉しいと言い終わると、しゃべることがなくなった。カラスが「バサッ」と枝を移る音が聞こえた。

そういえば妻の友人には何の知らせもしなかったと正人は考えていた。親族だけで文字通り密やかに妻を送った。骨は寺に収め、骨箱はまだ家にある。毎日妻の姿態とともにあることだけが頭にあって、ほかのことに思いが及ばなかった。毎年、正人より厚い年賀状の束が郵便受けに来ていたことが思い出された。妻の友人にはこの上なく礼を欠いていたと思い、正人は落ち着かなくなった。今日は出席してよかったものか。

料理がきた。葉書をくれた女性の音頭で日本酒の杯を上げた。

「ご主人に出席していただいて、淑子さんの追悼を」

正人は妻の名を耳慣れぬもののように聞いた。一瞬、誰のことかと思った。自分専用の名前をあっさりと共有している人たちがいた。

料理が進むと出席者はそれぞれの話題を隣同士で話し始めた。正人には自由にしていてほしいという趣旨らしかった。隣の女性が黙りこくっている正人に話しかけた。

「矢島さんはよくご主人のことを褒めていらっしゃいましたよ」

正人を気遣って妻を姓で呼んでくれたと正人は感じた。

「褒める？」

「褒めるというか、何かさりげなく評価してらしたの。不満の捉え方にユーモアがあるとか、相手を傷つけないで率直に意見を言うのが上手だとか。それって、一緒に暮らすのにいちばん大事なことなんです。うちなんか本当に感性がないの。自分勝手で、いつもグサッと来るような言い方をして、それで相手がどんなに傷ついたかも気づかないのです。家を飛び出してやろうかと思うこともよくありましたから、矢島さんが羨《うらや》ましくて。それに双方の実家に同じように気を遣うとか。どんな話題も理解するとか。私たち羨ましくて、どんなご主人だろうって言い合っていたんですよ」

女性は邪気のない含み笑いをして正人を見た。「貴方がご主人でしたか」とでも言われているようで、正人は狼狽した。自分の振る舞いを妻がそのように受け取り、友人に語っていたとは思わなかった。性分のままに動き、平和を望んで暮らしただけだった。

右隣の女性は髪を膨らませ、たるみかけた目尻にアイラインを引き、はっきりと口紅を塗っていたが、おとなしく控えめな主婦という印象だった。ネックレスや指輪の真珠の巻きのよさや輝く照りは豊かさを表していた。

「挨拶された方は何をしていらっしゃるのですか？」

正人もほぐれてきた。

「あの方、雑誌の編集長よ。昔から知性派。女性のための政治雑誌を発行し続けていらっしゃるの」

「政治？　売れないでしょう」

思わず正人は言った。

「もちろんよ。ほとんど持ち出しでしょう。使命感ね。えらいと思います」

「家内は何をしていたのです？」

「編集のお手伝いじゃないかしら。淑子さんも知性派。頭がいいし、社会問題に関心ある方だったから、編集長は頼りにしてらしたのよ」

正人は啞然として正面の女性を見た。

向かいの女性も正人に顔を向けた。ショートカットに平凡なスーツは質素堅実という感じだが、ダイヤで囲んだ見事なブラックオパールの指輪が服を引き立て、資産のない人とは思えなかった。

「矢島さんには本当にお世話になりました。私たちには大変な打撃です」

はきはきとした物言いはいかにも有能そうである。

「お近くなのですよ。加賀町です。これまでお目にかからなかったのが不思議です」

別に不思議ではない。自分が無関心だったのだ。妻の友人が近くにいるとは知らなかった。もっとも聞いていても聞き流していただろう。

自宅を使って女性と政治についての小冊子を長年発行していて、矢島さんはボランティアでよく協力してくれたと編集長は言った。

「矢島さんは表に出るのを嫌う方でいつも陰で支えてくださったのですが、本当に誠実にやってくださったのです。原稿集めから取材や校正まで大きな戦力でした。本当に残念です」

居間でよく見かけた単色刷りの薄い冊子を正人は思い出した。確か「女性と政治」と書かれていた。あれがそうだったのか。何の雑誌かと開いてみることもなかった。もっとも妻に読んでくれと言われたこともなかった。

「頭がよくて良心的で本当に素敵な方でしたよ」

アイライン夫人と反対の左隣のスーツ姿の女性が言った。法務省に勤める公務員で週末に編集活動を助けてきたという。髪の白髪はそのままにアクセサリーもつけていなかった。

「私たちのころは近頃と違って、国家公務員試験を通っても女性はなかなか採用されなかったのです。私は法務省が拾ってくれたのですが、世の中を変えなければいけないと思って仲間に入りました。矢島さんも同じ考えで、私たち以上に時間を使ってくださったのです」

何人かが頷いた。正人は知らない人のことを聞かされているようだった。

「ベトナム戦争反対声明を企画したときも、杉浦さん、よくなさったわね」

妻の旧姓を正人はぼんやりと聞いた。

「あのときの杉浦さんの檄文《げきぶん》、シャープだった」

飛び交う言葉が、妻ではない人の話のようだった。

「檄文はおおげさよ。淑子さんに叱られるわよ」

アイライン夫人が言った。

「でもほんと、予想以上の反響があって。女性の関心の高さに驚いたわね」

仲間同士の話はよく分からなかった。いまさら妻がどんな活躍をしていたか知っても仕方がなかった。ただ友人に評価されている妻が懐かしかった。

池に目をやるとトサミズキの黄色が目に入った。盛りを過ぎた静かな色は蠟梅に似ていて、名残りの花が水平に並ぶのを見ているとその色が横に長く伸びそうな予感がした。春の霞のように妻の姿態が水の上にたなびくのではないか。自分の妻が現れたのではないか。あわてて正人は友人の話に耳を傾けようとした。フェミニズムやジェンダーなど、聞きなれない言葉が漏れ聞こえた。

「みなさんの話を聞くと家内はいろいろやっていたようですが、家では何も話しませんでした」

正人は隣のアイラインの夫人に話しかけた。夫人は優しい目でゆっくりと正人を見返して言った。

「家は議論の場所ではないと言っていらしたことがありましたよ。みなそれぞれのやり方がありますから。お隣の公務員をしている山本さんは、ずいぶんご主人とはやり合っていらっしゃるようですよ。若いころはそれこそ〝差別〟に悔しい思いをなさったでしょうが、時代が変わってこのごろはいろんな政府の審議会に引っ張られていらっしゃるの。編集長にしても、編集事業にご自宅を使うにはご主人との間でひと騒動なさったと思います。いろんな人が出入りするのですから。いくら親からもらったご自分の家でお広いといってもね。なんとか離婚話もなくてこれまで続けていらっしゃいます。その点、矢島さんはご主人には主張をお見せにならなかったのでしょう」

話しても仕方がないと妻は思ったのか、諦めていたのか。いずれにしてもそんな話なら聞かないですんで助かったと正人は思った。生来のノンポリである。今日のようにノンポリが当たり前の時代になるとその言葉を聞くこともなくなったが、正人の大学時代にはまだ安保騒動に関わった先輩の話を聞くこともあり、「ノンポリ」には一種否定的なニュアンスがあった。あのころでも、正人は政治を自分の問題として考えたことはなかった。しかし政治に問題があるのは常のことで、真面目に社会を考えればいつも何か運動をすべきなのだろう。しかし自分が関わって議論するのは嫌である。妻とは日常の些細な話、音楽や旅行の話でいい。だとすればわが家庭の平和は妻の賢さで保たれたということなのだろうか。

「こんな知性集団にいて、よく私なんかと暮らしたものですね」

正直な感想だった。夫人はおかしそうに笑った。

「あちらの方ね。矢島さんと〈ナショナル・トラスト〉でご一緒だったのよ」

夫人が合図をしたので右手にいた女性が頭を下げた。その顔に覚えがあった。いつかの夏の日、長々としゃべっていった集団の一人で、目鼻立ちがすっきりしていて目についた人だった。相変わらず美人だった。細面にやや膨らんだあごが年齢を見せていたが、豊かな髪を上げてシャンタン地のジャケットがまだ名残りの若さを引き立てていた。

「淑子さんとは本当にいいお仲間でした。いつぞやはお邪魔して。二十五周年の記念パーティーでもお目にかかりましたね」

そうだったかと正人は思った。何かの会につきあわされた記憶が戻ってきた。確か旧丸ビルの一室に事務所があった。どっしりと冷たく落ち着いた石造りの、いかにも旧時代の雰囲気のある長い廊下に沿って並んだ部屋の一つに〈日本ナショナル・トラスト〉の表札が出ていた。理事長が現れて古い町並みや住宅の保護活動は都市の伝統と文化を守ることだと説明した。理事長が先輩だと判明し、成り行き上、正人は会員になった。年会費を納め、会報を受け取っている。読んではいないが、あれだったのかと正人は思った。活動についてはほとんど知らなかった。

「淑子さんとあちこち古い建物を見て歩きました。楽しい方でした。古いものをよくご存じでね。いろいろ教えていただきました。会員には学生からサラリーマン、退職した人から職人さんまでいろんな職業の方がいらして世間が広くなりました。みなでよく掃除をしましたよ」

保存した町並みの写真を見せられたこともあったと正人は思い返した。見たときは興味を持ったはずだが、みな忘れていた。

「丸ビルはあの通りになりましたでしょう。今、事務所は本郷の、大正時代に建った歯科医の家に移っています」

女性は熱心に語りかけてくれたが正人は上の空だった。これほど自分の記憶が不確かなのは、いかに興味がなかったかということである。妻も自分の関係で呼ばれた集まりは心になかったのだろうか。

自分の関係でただ一つ華やかだったのは、共同研究の結果が大河内賞を得たときであった。学士会館で行われた授賞式で古色蒼然とした建物の、マホガニーの濃い茶の木枠のシャンデリアの下で、正人と仲間は会社の首脳と並んだ。そのあとに隣室で開かれたパーティーに伴った妻の、流水に花や鳥を文様化した訪問着姿が美しく、正人は我にもなく面映かった。さらに今も脳裏に鮮やかなのは、帰宅して畳にひざを折った妻の、長襦袢の裾から出る足袋を脱いだはぎの白さだった。賞を受けた研究は、とうに時代遅れになっていた。研究の苦労も名誉もどこかに消えてしまった。あの日の名誉は正人の中では妻の美しさによって記憶されていた。

友人との活動に埋もれて、妻の記憶の中でもあの日は消えていたのだろうか。そんなこともあったかというほどのものだったのだろうか。もちろん、正人の感慨を知るはずもない。

「初めてお目にかかりますが、私、杉浦さんとご一緒に開発途上国の子供に学資を送る運動をしていました」

突然正人は我に返った。ナショナル・トラスト美人の隣の女性が首を突き出すように話しかけてきた。大学の先輩が二十年前にベトナムの貧困家庭の子供に学資を送る運動を始めたが、そのときに妻と共に参加し、以来運動を続けてきたと言った。集まった人の中ではセーターにジーパンという地味な服装で、化粧も感じられなかったが、動きが機敏で今にも飛行機に飛び乗りそうな勢いがあった。夫を早くに亡くしたが、三人の子供がすでに育ったので開発途上国の子供の教育援助をしている。

「二十年前、みなで会員を募ったのです。杉浦さん、それは積極的に会員を集めてくださったんですよ。そのときに集まった人たちがまだ支援を続けています。援助した子供が大きくなると、また別の子供の援助をするのです」

外国の子供に学資を送る運動に妻はかなり熱心だと思っていた。子供の写真を度々見せられた。子供の栄養状態を話すとき、妻の顔は羨ましいほど愛情で輝いていた。外国まで出かけたのを見送ったこともあった。インドネシアだと思っていたがベトナムだったらしい。

籠に載ったさまざまな前菜と汁物のあと、二段の弁当が終わるころには座はすっかりくつろぎ、それぞれが情報交換や予定の打ち合わせで賑やかだった。正人の存在も浮いたものではな

くなった。女性たちは正人と挨拶したことで安心し、正人も一人ひとりの顔が分かるようにな
った。学校仲間だけでこれほど多様ならば、趣味の仲間も入れれば、つきあいのスケジュール
管理だけでも大変だったろうと思われた。毎夜のように用意されていた夕食に遮られて自分は
妻の生活を何も見ていなかった。

「淑子さん、いつもおしゃれでした」

左のほうから声がした。いかにも質のいいニットのアンサンブルを着た女性が、正人に口を
きこうとしていた。ハイジュエリーのダイヤのイヤリングだけというすっきりしたセンスが感
じられた。妻とはよく展覧会めぐりをしたと言った。

「この年になると仲間のみなさんがよく趣味の絵や音楽の発表会をなさるので、ご一緒しまし
た。感心したのはいつもハイヒールを履いて、颯爽《さっそう》としてらしたこと。私たちの年になると外
反母趾になって細い靴が履けなかったり、私のようにひざが痛んでかかとが低い靴しか駄目と
いうことになります。羨ましくて秘訣を聞いたら、いつもお風呂に入るとき軽石でかかとを磨
いていらっしゃるのですって。ちゃんと努力してらしたのですね。いい奥様を持たれてお幸せ
でしたよ」

正人は憮然とした。そのようなこともあったのか。妻は自分ひとりのものではなかったのだ。

日脚が目立って長くなり始めていた。会食を終えて外に出るとまだ陽は十分に高く、杉や松

の上にあった。正人は丁寧に礼を述べ、妻の仲間と別れた。すでに区別できるようになっていたそれぞれの顔には、一様に友人に礼を尽くした満足感が浮かんでいた。正人はひとり池に向かって下り始めた。会った人たちはそれぞれ多様で、善意の人だった。余計なことは言わずに仲間の夫として大事にしてくれた。ありがたいことだったが、あまり嬉しくはなかった。何か釈然としないものが胸に残っていた。

湯島から地下鉄に乗るつもりだった。不忍池を突っ切って曲がる道を無意識に辿った。柳がまだ芽吹かない紐のような枝を頼りなく揺らせていた。池一面覆う枯蓮の薄茶色の茎が陽を浴びてまばゆかった。葉を落とした茎は細い棒のように立っていたが、伸びた茎の上部に薄黒く縮んだ葉を一枚載せていたり実を残しているものもあった。不思議なことに実をつけたものはすべて首から十センチほどのところで折れ曲がっていた。重いのであろうと正人はしばらく眺めた。カサカサと音がするような薄茶色の茎の林の足元には、冬の初めに落ちた大きな蓮の葉が折った和紙のような風情で水に浸かっていた。葉は数か月の水に耐え、濃茶から黄みがかった緑までに染め分けられていた。蓮の実が漏斗《じょうご》型に黒ずんだ孔《あな》を見せてあちこちに浮き、水鳥がその間を抜けて進んでいた。水面はさながら植物と鳥を描いたキャンバスだった。

蓮の花で埋め尽くされた池を見たことはあるが、一面茎ばかりの風景は初めてだと思い、正人は目を泳がせた。比較的茎が混んでいない空間を縫って、鴛鴦《おしどり》や鴨、さらに金黒羽白《きんくろはじろ》が葉と実と茎の間で水を掻き回していた。鴛鴦はともかく、よく見ると鴨は何種類いるのだろう、薄茶から濃い茶まで、白い羽の混ざり具合も異なり、始終くちばしを突き出して餌を求めるときのくちばしの出し方まで違う。その中に小柄な金黒羽白の黒が点々と金の目を光らせて散って画面を引き締めている。餌を求めずにただ泳ぎ回っている。陽に輝くビロードのような首の黒い艶に紫や緑の色を加えているが、一羽一羽、色の混ざり具合が違う。

正人はしばらく動く絵画の世界に浸っていた。するとと、先ほど別れてきた妻の友人たちと水鳥の群れがしだいに重なっていった。いろんな人がいた。同級生でもずいぶん多様なものだ。主張に走る者もあれば、ゆったり眺めている者もいた。鴛鴦にも鴨にも金黒羽白にも相当するものが適当によけあいながら自由に泳ぎ回っていた。頭から水に突っ込む金黒、頭を下げ水面すれすれにひたすらくちばしを突き出して水とともに何かを喉にすくう鴨、みなひたすら生きがいを求めているのだろうか。

かつてはあの中に妻がいた。その妻にとって自分は何者だったのだろう。妻にとって友人では埋めることのできないものが必要だったとしたら、自分の何がそれだったのだろう。「ギャア」という汚い声に正人は振り向いた。松の細い並木道がはじまるあたりにカラスが数羽集まって呼び交わしたところだった。首を上げて、賢《さか》しらに水鳥の群れを見下すようなものもいた。黒いくちばしのカラスは水鳥の群れから阻外された集団のように正人には見えた。以前、自分たちが組織で固まっていたように。そうしてカラスは水鳥の自由さを羨まず、その多様さも知性も必要としていなかった。

散歩道を横切れば車の横行する大通りの信号に出て、地下鉄入り口は数分の距離だった。足を信号の前で止めて、正人はもう一度散歩道に戻り、池に沿ってさらに先へめぐり始めた。松の根元の砂地に、カラスから離れて、十羽ほどの鴨の群れが陽を存分に浴びていた。ウトウトしているものもあり、ゆっくりと羽づくろいをしているのもいて、一見、怠けもの集団のようにも見えた。

池に向かってベンチが並び、男性が数人じっと座っていたが、正人はどんな人だろうとも思わなかった。空いているベンチに腰をかけた。つい先ほど眺めた小麦色の蓮の茎が、乾いた黄金色の枡《ます》となって圧倒的な力で広がっていた。その先に食事をした料亭が、くすんだ常緑樹のこんもり連なる陰に地味な屋根を見せていた。池に沿った桜並木の赤みを帯びた列が、まもなく繰り広げられる桃色の世界の予感を漂わせていた。

手前の池の淵には数メートルごとに木の杭が立っていた。杭には一本ごとに一羽ずつユリカモメが、あるものは両脚であるものは片脚で立っていた。正人の目の前の一羽は丸い胸を葦の枯れ茎に載せてじっとしていた。純白の膨らみは春を思わせる暖かい陽を浴びて豊かに盛り上がり、上に載った赤い目の頭と不釣り合いなほど大きかった。そこに正人の脳裏の底に残る映像が鮮やかに重なった。

長男が生まれて間もなく、妻が陽の射す寝室のベッドにかけて赤子に乳を含ませていたことがあった。柔らかな丸い白色はふっくりとして、赤く引きつったような赤ん坊の顔を対照的な美しさで圧倒していた。陽を受けて乳房の影もわずかに黄みを帯びていた。見事な白桃のようだった。その豊かで水分をたっぷり含んだ柔らかい珠《たま》に赤子は縮んだ手をかけ、必死に吸いついていた。珠は赤子のゆがんだ顔を押し潰しそうだった。振り向いた妻は恥ずかしそうに微笑んだがさすがに正人を追い出しはしなかった。赤子が相手では基準が違うのだろうと正人は赤子に嫉妬に似たものを感じた。こんなに美しいものに吸いつき、独占できるとはなんと羨ましいことか。赤子はその幸せを知らない。自分もかつてはその贅沢を母から与えられていたはずだった。

結婚後しばらくして、後ろから手を回してしだいに豊かになる乳房を感じたとき、正人は自分の愛撫のせいだと自惚《うぬぼ》れていた。だが、やがて正人はそれが身ごもったためだと知ることになった。あの乳房は赤子が持ってきたものだった。ほんの一時期与えられた豊かな乳房は、やがて本来の大きさに戻った。妻は乳房を女性の魅力だとは思っていなかった。それは子供のために必要なものであり、子供のためにいらなくなれば小さいほうがよいと考えていた。

——どうして大きな胸を騒ぐのでしょう。

妻が本気で不思議がったことがあった。ニューヨークのビジネス街で牝牛のような乳房を持った女子社員が通りに出るというので、昼休みのビルの窓に男性社員が鈴なりという記事が報じられたことがあった。

——女性的だもの。

正人は言った。

——貴方も大きなお乳を見たり触ったりなさりたいの?

正人は返事に困った。

——そりゃあ触りたいけど……。でもそんなわけにはいかないし。

あらためて聞かれればそれほど触りたいわけでもないような気がする。牝牛のようでも仕方がない。

——貧弱で申し訳ないわ。でも小さいほうが動きやすいのよ。

——いやいや立派だよ。ちょうどいい。

それも本心だった。あの程よい大きさ、豊かさ、滑らかさが自分にとっての妻だったのではなかったか。さらに言えば、知性よりも有能さよりも。そんなものはどこにもあった。妻にとっても同じだったのだろうか。知性も有能さも友人で充分だったとしたら、自分は何だったのだろうか。

のどかとしか言いようのない空気が広がっていた。このような日に妻と上野の美術館に寄り、帰りはよく歩いた。何を話したか、ほとんど記憶にない。ただ楽しかった。なぜ楽しかったのだろう。政治も経済も環境も、理屈は何もなかった。整った装いの、触れることのできる綺麗な女と一緒で嬉しかった。それが妻だった。いつも、何か美しい布に包まれて柔らかに香るもの。

妻が身にまとっていたのは、実は羞恥心だったのかもしれなかった。羞恥心は正人が妻にとって異性であることの証だった。体を隠すことで自分に対していつも美しくありたかったのかもしれない。

妻の衰えた体を想像することはできなかった。手の感触は妻の加齢を感知していたかもしれないが、決定的な視覚の認識がなかった。正人の手の感覚自体、妻の体と同じく老いていっていたのだ。妻はいつもどこか雲のかなたにある雰囲気を持っていた。まさか「秘すれば花」を突き詰めたのだろうか。意識的なものだったのか。いや、理屈や意思では無理なことだ。妻の心の芯が本能的に「秘する」ことを選んだのなら妻は本当にフェアセックスだった。

その妻が最後に体のイメージを残していったのは、どういう定めだったのだろう。まさか最後に自分の望みに応えたわけではあるまい。しかし、今も見るものすべてが妻の体に見えるのは、自分にとって妻の体が妻であったことを示していったということだろうか。それは、妻にとっても、自分は妻を抱きしめる存在であればよかったということか。

池の向こうに斜めに陽が射して、まだ芽を吹かぬ柳が光り始めた。それは花のように揺れ、霞のようにぼうと膨らんだ。それはしだいに妻の姿態になった。つま先が地上から離れて踊るように左右に動いた。こちらに向けた背から伸びたほっそりしたうなじが何かを見るように一方にめぐった。いつものように顔は見えなかった。確かなのは間違いないのは正人にとって妻はフェアセックスだったということだった。

上野池之端であれこれ思いにふけったときから、夏、秋、冬と過ごし年が明けた。

家を出ながら正人は右隣の家を眺めた。長年、隣り合いながら、家をつくづくと見るのは初めてだった。軒からはハコベに似た草が飛び出ていて、樋《とい》と雨鎖は錆つき、水を受ける小石は赤茶けているうえにずれていた。「近く引越します」と若い主人に挨拶されたことを正人は思い出した。とっさには何も思わなかったが、このご時世、大手の不動産屋がマンションへの建て替えを提案したのであろう。正人の家からは西側になるので日照が遮られることはないが、圧迫感は否めず、反対側の家もいつまで持ち堪えるか分からない。そのとき小さい我が家はどうするか。

それはそのとき考えようと正人は歩き出した。今日は神田に行ってみよう。行くつもりで歩き出してとりやめてから一年が経っていた。

坂を下ったところに赤いポストがあった。

今年の正月には、編集長と学資援助の活動家、それにナショナル・トラスト夫人の年賀状が、正人の友人からのものに混じって届いていた。編集長と学資グループにはその後、妻の弔いのつもりで十年分の購読料と学資をそれぞれに送ったが、その礼が再び寄せられていた。ナショナル・トラスト夫人の賀状には、トラストが文京区に新たに手に入れた家屋遺産で茶会が開かれ、妻の姿がなかったのが寂しかったと書かれていた。その返礼をしたため、葉書をポストの口に滑らせると妻の仲間との縁もなくなるように思われた。

どこからか梅の香りが漂ってきた。香りの中に妻の顔が浮かんだ。正人の父の姉、つまり伯母は十五歳のときに病で亡くなっていた。子を亡くさないと人生は分からぬと、娘を喪った祖父が言っていたという。妻ならどうだろう。妻を亡くさないと人生が分からぬと言った人はいるのだろうか。自分が残るとは思いもしなかった。女性は寿命が長いという、さらに年も若い妻が、自分の残りの人生の最後まで華やぎを与えてくれるものと何となく決めてかかっていた。その妻を喪って二年半、「妻」が別の女性に変身していくのを正人は感じていた。

工事中だった百日紅の家は壁ができ上がり、木はその頂上だけを見せていた。気まぐれな雲が広がり、うららかな空気が影を帯びてきて百日紅は静かな灰色になっていた。

風と雲の間

私は不思議な心地よさに包まれている。早春の朝、意外に暖かい空気に眠気も浄化されてうとうとするかのような、夏の夕、縁に腰かけ、笹竹の間を縫うかすかな涼風が流す風鈴の音を聞いているような、意識があるともないとも、ただ心がのびやかに漂う。何の悩みも苦しみもない。体から解放された心とはこのようなものか。長年、睡眠薬に頼り次々と量を増やし、だるさと後悔の思いにさいなまれていたというのに、夢に描いた平安が、あるいは予期せぬ幸せがようやく訪れたというのであろうか。

昨夜、いつもの薬の量に加えて発作的に翌日分まで飲んだのはなぜだったのか。すべてを忘れたい、体から意識を切り離したい、この世から離れたいからではなかったか。その結果がこの穏やかさとは何であろう。これまでのすべての不幸、かなえられなかった望み、積もりつもった恨み、後悔や自責の念が霧が晴れるように消えていくというのだろうか。羽根布団に包まれたようなこの軽さ、人生の辻褄が合った感謝の感覚。

野草が咲き乱れ、灌木に覆われた山が眼下に見える。その尾根を気球でなぞっていく爽快さ。

いや、私は生温かい水に浮いている。生まれる前、母の中にいるような、揺蕩《たゆた》いながら現世の音を聞いている。仏教では、人は死後四十九日の内はあの世とこの世の間をさまようという。私はいま漂っているのだろうか。

一九三七年に生まれて一九八六年の今日まで、その間、何をして生きたのであろう。夢うつとはこのことであろうか。次々に映像が流れる。

流れない映像は記憶にないもの、記憶にないものは永遠に失われたもの。残されたわずかな記憶が私の人生を映し出す。

その時どきに必死の思いで受け止めたことも、身も世もなく悩んだことも、苦しみも笑いももはや存在しない。それならばなぜあれほど悩み恨んだのか。すべては舞台を見終えたときのような感覚、善と悪が、幸と不幸がともに織りなした空間から感激が去ったあとにはいくつかのせりふと映像だけが残される。そして聞き落としたせりふや、見落とした場面は意識に触れることはなかったとしてもどこかで私の感覚に残っていたのだろう。一本のタンポポは地面と太陽と雨だけに気づいていたとしても雲のかげで息をつき、蜂の羽音に揺れたように。私の思いのままにならなかった人生も、どこかで十分に報われていたのであろうか。私が感じなかったことが、感じたことの不服を補ってくれていたということであろうか。それは誰が知るのであろう。

角張ったあご、濃い眉に細い目、痩身、弁護士だった父の面影も遠い。父は丸の内に事務所を構え、企業経営者をクライアントに持ち、大企業の顧問弁護士として著名な労働争議の解決などを手がけていた。

下北沢の住宅街の道路から数段上がった敷地に建つ和風の二階家。玄関から続くそこだけ洋風の応接間で、小学生の兄が弾くバイオリンに合わせて訥々とピアノを弾く私。そばで眺める母。髪に緩やかにウェーブをかけ、ふっくらした丸顔につぶらな目、お召しを着た小柄な体のひざに手を置いて微笑んでいる。

あのころだった。

「人は容貌ではありません。心映えが滲んで美しさになるのよ。最後には人は容姿や頭の良さではなく、心が綺麗なことや、親切なことで報われます」

母が言った。

嘘だ！　瞬間、本能的に私の心が叫んでいた。嘘だ。人は綺麗な人が好き。綺麗な人は注目を集め、大事にされ、醜い人は無視される。綺麗な人が絶対に得。

家の二百坪ほどの庭、写真屋が礼をすると二十人あまりの親類はざわざわと席を崩して散り始めた。植え込みに囲まれた芝生の上に椅子を持ち出してにわかにつくった席の中央には今日の祝いの席の主役、八十歳の祖母が座っていて、立ち上がろうとするのを叔母が手を貸そうとしていた。

祖母の夫は戦前の法務大臣だった。祖父は終戦の年の暮れ、空襲を受けた麴町の家の焼け残った土蔵の中で亡くなった。「お父様！」と父の遺体に体を投げて叫んだ母の声がまだ耳にある。以来、祖母は長男の家で暮らしながら、夫が生きていたころと変わらない振る舞いで、二人の息子、三人の娘の家族に君臨していた。私の母は祖父母の長女だった。

「これをもらっておけよ」

祖父は後ろに立つ娘を振り向いて、自分と同じ県の出身で、大学の後輩だった父に言った。母は父に嫁いだ。

父は弁護士として成功し、長女の夫として祖母の祝い事などの世話役を引き受けた。親類の集まりでは、男たちは仕事の様子、女たちは巧みな愚痴や褒め言葉で互いの家庭の様子や問題を語り合う。夫の健康、知人の噂、息子の受験、そして叔母たちの目下の関心は私と従姉の成長と見合いだった。

五月の太陽が庭いっぱいに降り注ぎ、満天星《どうだん》の浅緑が白い鈴のような花を波頭のように盛り上がらせていた。従姉の赤い振袖がその前を通り、大学生の従兄が呼び止めて満天星の前に立ち止まらせた。

「はい、笑って」

足を止めた叔母たちが従姉を眺める。

「大きくなったこと。よいお嫁さんになれるわ」

叔母たちの口から洩れる会話が胸に刺さる。私は綺麗ではない。

高級公務員や銀行家に嫁いだ妹たちに比べ、有力者ではあってもいわば自由業の弁護士業の夫に母は引け目をもっていた。優秀な息子、完璧な娘を育てることが母の夢だった。娘はエリートの妻になるのだ。

「お前、馬鹿だなあ。何で綺麗な従姉の隣に立つんだ。離れていればいいのに」

頭から降ったような父のつぶやきに私は震えた。父の手には祖母の八十の祝いの席で撮った親族の集合写真があった。祖母を中心に右側に十六歳の従姉とその隣に十五歳の私。赤い振袖の従姉は市松人形のよう、隣の紫の振袖の私は野の花ならぬ草のよう。綺麗な従姉のそばにいたくて並んだのに。

私にはきっとどこからも話が来ない。母の期待を裏切ることになる。重いものが心の奥底に沈んでいく感触が全身に広がっていた。

白い肌に青い目が目立つフランス人のマザー。頭の先が三角形に尖《とが》った白い布で包まれた顔は、糊が強くきいた布で頬が押し出されている。

「神は誰にも同じように恵みを与え給います」

澄んだ声が響く。中学で通ったカソリックの学校では、マザーが聖書や語学を教えていた。愛と純潔は徳、嫉妬は罪、人を羨《うらや》む心が嫉妬を生む。誰をも羨まず、ひたすら愛と純潔に生きた聖女たち。聖女になるには人を羨む心を失くさなければならない。美しい人、勉強ができる人、私には羨む人ばかりがあった。私は罪深いのだろうか。

繰り返したロザリオの祈り、祈っても羨む気持ちは消えない。厳しい修練の末、聖人の高みに達した聖女たち、どれだけの修練を積めば嫉妬の影もない静謐な心境を与えられるのであろうか。私には修練は無理、静謐の境地に達することはできない。繰り返すロザリオの祈りは、友人と祈りの数を競うだけになる。

小柄な丸顔、沈んだ表情に時どき反抗的に口を尖らせる同級生の男の子。頭がよく、母を亡くしていた。その肩に屈み込むようにして手を置く日本人マザーの、女生徒には見せない濃い微笑み、意味なく全身に広がる悪寒に私は顔をそむける。私の心根が曲がっているのであろうか。それでも瞬間に吹き出した気持ちに逆らうことはできない。マザーの世界も聖ばかりではなかった。

「カッカッ」という靴の音。肩まで掛かる黒いベールを翻しながら長身のカナダ人マザーが校舎の長廊下を歩いてくる。直角に曲がる廊下の反対側から授業に遅れまいと小走りに急ぐ私。そのままの速度で角を曲がった出会い頭に、私の小柄な体はマザーの幾重にもなった黒の長いスカートに巻き込まれた。薄布が重なるスカートは暗黒の網のように絡みついて息もつけない。

もがく私。「オー」というマザーの叫び声。マザーの腰から下げた長いロザリオがうす布を隔てて痛い。ようやく布の波から逃れると、私はマザーに頭を下げ、体の向きを変えて走っていった。

その後、高校は国立大学の附属高校に移った。

細面のきめ細かい肌にやや細く通った鼻筋、彫刻刀で刻んだような切れ長の黒目、鈴江の顔が雲の合い間の日差しのように明るく現れては過ぎていく。

女子大の絵画部で知り合った鈴江は、娘らしいすらりとした体の腕にキャンバスを抱えていた。初めて会ったとき、私は息を呑んだ。博多人形のようだと思った。その顔が笑う。牡丹か芍薬か、百合でも薔薇でもよい。なぜこの世には美しい人がいるのだろう。

大学から駅まで歩く間に鈴江のあとを追う男性が幾人もいた。「鬱陶しい」と鈴江は言った。幼いころから男性の眼差しに慣れている鈴江は、人の投げてよこす目を無視する。それも人形が笑ったような表情で。人はまたその顔を見たいと思う。

鈴江はいつも楽しげだった。始終誰かに誘われていた。一緒に買い物に出れば、店主はとろけるような笑顔を見せ、値段も引いてくれた。バスから降りようとして手を出されるのは当たり前だった。美貌に恵まれれば、鈴江のように輝く人生を送ることができる。

一方の私は、四角く張ったあごに細い目、薄い眉と唇。色の白さが顔をかえって寂し気に見せる。

「なんで卑下なさるの。人の容貌と価値は関係ないのよ」

大学の英米文学のクラスで隣の席についた初子が言った。大企業の役員の娘で田園調布から通っていた。

「それに人の美しさは人それぞれ。私の目には貴女はお譲さんらしい雰囲気と控え目な品のよさがあるのよ。鈴江さんが薔薇なら、貴女は春の夕方にほんのりと見える、そう、芙蓉のような。どちらが上なんて言える？」

リベラルな教育で知られていた女子大で、初子は新聞や総合雑誌に載る論文をよく読み、古文や漢詩も諳《そら》んじていた。その初子の言葉に私は一時的に慰められた。鈴江のように美人でもなく、初子のように有能でなくとも価値があるのだ。

私は初子と急速に親しくなった。私が初子にすり寄って行ったといっていい。

「壺って何か神秘的でしょう？　お揃いなの」

両親と箱根に旅行したとき、私はホテルの売店で壺の形をした七宝焼きの同じペンダントを二つ買い、一つを大学のキャフェテリアで息を詰めて初子に渡した。幼いころ『アラビアンナイト』の絵本で壺から煙が出る挿絵を見て以来、壺は私にとって神秘的なものだった。貴女は一生の友人よという思いだった。

初子は少なくとも礼儀で感激したような顔をした。

私は初子と同じ講義を取っているときには、自分で取ったノートのほかに初子のノートを写させてもらった。友人と感情が行き違うときには、初子と話すと気分が晴れた。

初子に会い、ひとしきり話が弾むと私はいつも切り出した。その言葉は会話の一部になっていて、あたかも歌のリフレインのように、会話が続く間に何度も繰り返されるのだった。

「どうお考えになる?」

私は何事も初子と語った。授業の解釈から教授や友人の噂、社会で話題の「男女平等」から「全面講和か単独講和か」、経済の動向まで初子に問うては返事を聞き続けた。初子は辛抱強く真面目に、もっともな回答をしてくれた。その答えは私がほかの友人と話すときの回答として頭に断片的に残るのだった。さらに、学業から学生としてのファッション、他校の生徒との交流、家庭での両親や兄との葛藤まで、あたかも私自身の評価や決定ごとは初子の頭に置かれてあるようだった。

初子はいつも私の頭の端に張りついていた。定期試験の勉強の合間には、初子はもう勉強を終えて、ゆっくりとクラシック音楽でも聴いているであろう、もしかしたらジャズかもしれないなどと思った。

たまに初子が苛立つ様子を見せることがあった。

ご自分で考えれば――、初子の目はそう言っていた。ただそれは私だけがそう感じたのかもしれない。初子はすぐにいつもの耳を傾ける態度に戻るのだった。

一方、時には初子の言葉や表情が私にしっくりこないこともあった。母から言われることに頭で同意しながらも、心で反発する感情と似ていた。私の気持ちのなかに初子が言っていることをもっともだと思いながらも、何か違うと囁くものがあった。それは小川の表面は静かに流れていても、底の石の間の水はじっと動くことなく、生温かくそれ自体の世界を守っているのに似ていた。


家に訪ねてきた初子を両親が気に入った。父は「頭のいい人だ」と言い、母は「お友達になっていただきなさい」と言った。

初子も私もピアノのほかにお茶やお花を習っていたが、世間では社交ダンスがはやっていた。将来、夫が外国に赴任したときの教養として習う人も増えていたが、抱きあう形の社交ダンスを男性に習うわけにはいかなかった。たまたま母の知り合いの外交官夫人が帰国していて習うことになった。

初子を誘い、母に伴われて訪ねたその夫人の家は成城の住宅街にあった。薔薇を門柱に這わせた洋風造りの家の玄関から続く取っ付きの二十畳ほどの部屋で、四十歳くらいの夫人がズボン姿で男性役になって教えてくれた。はじめからスムーズに動く初子の足と夫人のほっそりした腰が大きな映像になり消えていく。夫人が夫の転勤でロンドンに移るまでの一年間で、初子はタンゴを習い終えていた。

「どうしてこうも違うのでしょう。貴女はワルツもまだだというのに」

母のため息と伏せた目が初子と夫人の顔に重なって巡っていく。


私は鈴江と語りたかった。鈴江の目を眺めているだけで楽しかった。言葉をかけると鈴江は引き込まれるような笑顔で相手をしてくれたが、鈴江のほうから誘ってくれることはなかった。鈴江の絵の仲間の、いずれも美しい数人が集まって芝生の上で笑いさざめいていると、そこだけに光があたっているかのように見えた。私は遠くから一団を眺めていた。

「鈴江さんは綺麗ね」

私は初子に言った。

「鈴江さんは確かにお綺麗だけど、人は好みよ。十人が十人、同じ人を〝美人〟というかは疑問よ。それに美人が好かれるかどうかも別。〝いい人〟とか〝立派な人〟とかいうのも同じ。すべての人にとって〝いい人〟なんてありえないでしょう。人それぞれにいいところと欠点があって、あるいは恵まれているところといないところがあって、両方でうまくゼロになるんじゃない？　自然は誰にも平等に何かを与えていると思うの。不公平だと思うのは与えられているものを見ていないからじゃないかしら？」

確かに美人でも性格が悪いこともあり、頭が良くても体が弱い人もいる。

「貴女はいろいろ恵まれているわ。恵まれていることを感謝しなければ」

初子はつけ加えた。

——お嬢さんは恵まれています。

かよさんの小さいつぶらな目が浮かぶ。

——綺麗な洋服を着て、大学に行けていいですね。

かよさんは中学を出て、父の出身地の福井の田舎から出てきていた。ラジオでいつも美空ひばりの歌を聴いていた。

——ひばりちゃんの歌を聴くと涙が出るんです。

かよさんは涙ぐんでいた。

私は流行歌を聴くのを禁じられていた。かよさんを真似して舌を出すと厳しく叱られた。その後、舌を出すことはいちばん下品なことだと思い込むようになった。あのような思いも幸不幸に数えられるのであろうか。


女子大学のキャフェテリアは賑やかだった。数人が集まると盛り上がる話題は恋愛、文学作品の中の恋人たちの華麗さ。スタンダールの豪華な世界、恋人たちはなんと輝いていることか。肩入れする主人公がすることなら嫉妬すら美しい。人妻の恋は切なく結果が恐ろしく、読み進むことができない。

恋愛に憧れながらも、見合いも結婚相手にめぐりあう一つのチャンスとしてはいいというのが大勢だった。大学を出れば結婚以外の選択肢はほとんどない。結婚して妻として社会に生きていくのが常識だった。

大切なのは結婚で人間としての自分を失わないようにすることだと初子は言った。「自分を失わない」とは、自分の信念や信条を結婚相手やその家族に売らないこと。例えば、夫の会社が不正をしたら、夫が退職することを支持する。一方、生活の困窮は共に耐える。愛と尊敬があれば、楽な生活なんて優先順位が低い。

たとえ見合いでも信条の似た人と結婚すべきではないのか。それにしても信条なんてはじめから分かるものなのか。あるいは人の信条はいつまでも変わらないのであろうか。議論は沸騰する。

せせらぎの流れが中央の石を避けて両側に分かれていくように、友人たちの見合いをめぐる論議は私の頭をかすめていった。石が望むのは水嵩の増した流れ、石の表面を削り、転がすほどの勢いに出会ってみたかった。

夢中――、初子の答えには「夢中」という言葉が欠けていた。結婚とは夢中になること。この人に身も心もすべてを投げ出したいと思うときにするものではないか。物語の主人公はそう言っていた。夢中になったとき、そこで愛はなんと輝いていることだろう。一気に慕う気持ちがなかったら、何のための結婚であろう。そのような胸ときめく人に会いたい。

太陽が輝きを増したように感じられ、映像が明るくなった。三年生の文化祭、シェイクスピア劇上演準備の間、私はオフィーリアだった。相手は同級の京子が演じるハムレット。京子は学年でも主席を争う数人の一人、背が高く髪を短くカットし、宝塚の男役のよう。いつも背筋を伸ばしていた。語り方は唐突なくらい簡潔。それでも言葉の最後につける「ね」は限りなく柔らかだった。

授業が終わると私はすぐに稽古に借りてあった体育館に駆けつけた。京子が現れるのを待つ間、ときめきで胸が痛い。渡り廊下の先に京子の姿が見える。上着を男性のように肩に掛け、大きな鞄を下げている。今日は友人とゆっくり話し合いながら歩いて来る。試験の結果でも話しているのか、談笑する京子の友人が羨ましい。柱で遮《さえぎ》られながら近づいてくる京子の横顔を私は瞬《まばた》きもせずに見つめる。

練習の一時間、私は京子だけを見ていた。明快な発音で一気に終える長いせりふのあと、ハムレットは私を抱き寄せる。ほのかな香り、力強く、それでいて暴力的でない腕、その腕の中で私は目をつぶった。

練習が終われば出て行く京子の後ろ姿を私はいつまでも追う。校門の銀杏の木蔭に背の高い影があれば京子かと目を向ける。家で食事をしているとき、夜中にふと目覚めるとき、私に向けられたハムレットの眼差しや腰に手をまわした感触が生き返る。

文化祭の公演が終わり、ハムレットが平然と翌日の授業の話をする姿に私の心は刃物で刺されたようだった。舞台で手を取り、引き寄せたのは誰だったのか。あの陶酔は私の中でまだ生きているというのに。

夢は終わった。「夢中」という文字は私から去っていった。

文化祭が終わると両親は見合いの話をするようになった。失ったあの陶酔が繰り返されないのなら結婚は考えられなかった。

「自分で見つけるなんて。貴女に何ができるの?」

母は言った。処女が見合い結婚の絶対の前提だったころ、悪い評判が立たないよう男性とのつきあいは禁止。学生同士の会合も複数で会う状態では、親の介在以外に男性と親しくなることはない。

「いま貴女が裸で飛び出して、〝これが私です〟と言って誰が認めてくれるの。〝誰の娘で、誰の妻〟と言ってはじめて世間は貴女が誰だか分かるのですよ」

結婚しなければ家で一家のお荷物として暮らさなければならない。

「男性は運命を切り開くことができるけれど、女性はできない。有能な男性について社会的な地位を得ていくのが女性の生きる道」

母の説得は続いた。

「社会で居場所を得るために結婚して、夫と気が合わなかったら、考えていた人と違う人だったらどうなるの？」

私はまた初子に訴える。

「場合によるでしょうね。話し合って妥協できればいいし、駄目なら離婚かもしれない」

私は落ちこむ。初子なら離婚しても頭を上げて生活していくだろう。私はそうはいかない。劣等感にさいなまれて小さくなって生きていくのだ。

初子も京子もさらりと見合いを受け入れていた。彼女たちは何をしても世間とうまく摺り合わせられるのだ。親ともぶつかることなく、将来のエリートと結婚し、子供を育てるのだ。鈴江にいたっては、見合いも恋愛も「引く手あまた」という言葉がそのまま、そうしてみな誰かの夫人として社会で居場所を見つける。

オフィーリアの恋は現実にはあり得ないのであろうか。もし嫌な相手でなかったら、母の言うように見合いで結婚したほうが家族や社会の中で穏やかに暮らせるのであろうか。

七歳上で、兄より五年先輩、東大を出て日銀勤め、仲人によれば「将来の副総裁」というはじめの夫と見合いをしたのは、大学四年の秋だった。背が高く、はっきりした眉、何かに挑んでいるような目、しっかり者というのが写真の印象だった。何か取っつきにくい。若い優しさ、もう少し情緒がほしいと私は思った。

「贅沢をいうものではありません。こんな方なら嫁ぎたい人がたくさんいるのに」

母は繰り返した。

将来の出世なんて初めから分かるものなのだろうか。それに私はなにも「偉い人」の妻になりたいわけではなかった。何よりも、ただ一人の家族だという相手の母親とうまくいくのだろうかという不安があった。母と祖母の関係を見ても、夫の親との関係の微妙さは想像がついた。田舎の旧家出身、長年の二人暮らしという義母に対する夫の気持ちをはかりながらの生活、生意気な嫁と思われないように気を遣う義母とのつきあいが私にできるのであろうか。

気は滅入るばかり。何のときめきもない見合いなど何のためにするのであろう。卒論にも手がつかない日々が過ぎた。

母は折れた。ただ仲人への失礼を避けるため、見合いの席だけは設けることになった。相手は一人で現れ、母親の姿はなかった。私の気が進まないことを伝えられていた仲人は、見合いが終わると、相手と私を二人で残すことはせず、そのまま解散した。

「やめることにしたの」

初子に伝える私の声は弾んでいた。「よかったわね」という返事の暖かさが全身を包んだ。

しかし、見合いの席で父が相手を気に入った。優秀で頼もしい。娘の将来を任せられる。結婚すれば相手のうちに気の合うところを見つけられるものだと言って、また説得が始まった。

結局、話はそのまま進んだ。結納がすんだあと、相手と初めて会ったのは日比谷のコンサートだった。海外から有名ピアニストが来て日本の交響楽団とベートーヴェンのピアノ協奏曲を演奏した。帰り道、相手は低い抑揚のない声で曲の印象やベートーヴェンが日本人に人気がある理由を述べた。私は白分のハンカチではなく、相手のナプキンで手を拭かれているような気分で返事も途切れがちだった。

その後数週間、相手からは音沙汰がなかった。会いたいと思うわけではないが、誘いがないと不安になった。気に入られていないのだろうか。相手は、仲人か上役か、あるいは父への思惑で結婚に応じたのではないだろうか。不安は拡がっていく。女性の方から誘うのははしたない時代、確かめようもなかった。

「あまりお会いにならないようだけど、うまくいっているのかしら？」

仲人の心遣いにも気落ちした。

次に会ったときの帰り道、家への曲がり角で相手は並んでいた私の左手を取って引き寄せるようなそぶりをした。驚いて身を引くと相手は手を離し、そのまま家への角を曲がった。帰宅予定の六時には間があったが、すでにあたりは暗く、立ち並ぶ住宅の角の塀から鬱蒼とした車輪梅が道路に枝を伸ばしていた。恥ずかしさと半ば嫌悪感で私は顔が上げられなかった。京子の腕、ハムレットに引き寄せられたときの甘美な陶酔とはなんという違いであろう。なぜあの安心感のある胸の高まりが戻ってこないのか。

その後の数回のデートには兄が同伴した。「お父様に言われたから」と兄は憮然とした顔だった。

同じころ、初子も見合いをして婚約し、結婚式も同じ会場で一週間違いになっていた。相手は五歳上の民間会社勤めで、出張が多くて滅多に会わないと言い、大学院に進む勉強をしていた初子の口から悩みが洩れることはなかった。私だけがなぜ悩みに取りつかれるのであろうと涙が落ちた。

結婚を控えて父が杉並の永福町に小さな家を建ててくれることになった。工事は進み、台所のシンクがつくころになると料理ができるだろうかと不安になった。母の指図で東京會舘の料理教室にしばらく通った。結婚相手は何が好きなのだろうか。会ったときの印象から気づいたかぎりを思い浮かべても、目の前の教材の鴨肉が目に入るだけだった。

「料理教室では葱や生姜が刻んでおいてあるでしょう？　あれ、刻むのが大変なのよ。自分でやらなければ。でも慣れるわ」

母親の手伝いを好む初子はこともなげに言った。

初子は世田谷区に新居の準備をしていた。家具やカーテンの色、レースの絞り方などを相談した。初子はこげ茶やブルーを基本にした落ち着いた北欧風の色合いを選んだが、私は淡い白に花模様を施した柄にした。

新婚旅行に着ていくドレスやコート、ブルーやベージュ、琥珀色の布地は世界を美しく彩ってくれた。一瞬、ドレスの色の先には手を差し伸べてくれるハムレットが潜んでいるかのような幻想があった。

古めかしい建物の薄暗い天井にきらめくシャンデリアの投げる黄みを帯びた光の中に、浮き上がる黒一色の人影がチェスの駒のように整然と並んでいた。学士会館の広間を埋めるのは父のクライアント、新夫の上役、同僚、端には親族の黒の一団、その間に一か所、そこだけは花が咲いたように私の友人たちの振袖が溢れていた。祝辞の中では、将来のある若者と可愛いお嫁さんという言葉が繰り返され、その私はマリオネットになったような手足の動きを感じていた。

朦朧《もうろう》とした空気の中に浮かぶ永福町の家。

ほの白い細面、皺を刻んだ頬、滅多に笑わない唇、長い首を藍と緑の紬の衿から伸ばして、姑は夕食時になると新婚の家に毎日のように現れた。「会いたかったよ」と姑は夫の背中を上から下までゆっくりとさする。肩越しに笑顔を返す夫。食事が終わると、夫は私に「先に寝なさい」と言いおいて二階の書斎にこもる。あとを追う姑、聞き耳を立てなくとも二人の話し声が聞こえる。姑であれば追い返すわけにもいかず、「お泊まりください」と寝室のベッドを空ける。平然と床に就く姑。不思議に嫉妬の情はなかった。涙も出なかった。ただ理解しがたい世界に放りこまれた感覚。ひとり除け者にされたというより、弾き出されたような私。呆然と皿を洗う私の目に二つの岩が他人の侵入を許さずぴったりと閉じて映った。

半年が経った。こんなはずではなかった、人生を滅茶苦茶にして申し訳ないと、仲人が動き最初の結婚は解消した。「妻はお嬢さん育ちのわがまま娘で」と、夫が離婚の理由を言い広めていると噂が流れていた。

離婚後間もなく二度目の夫に会ったのは、叔母の紹介だった。大手の製薬会社に勤めていて、実家は薬局だった。

「また結婚?」

「まだ結婚していない人もいるのに」

友人たちは一様に驚き、離婚という他人の不名誉に盛り上がっていた同情が行方を失ったことに戸惑っていた。

明るいモダンな内装、駆け回る子供の声、あれはどこのホテルだっただろうか。ハイヒールを履いた私とあまり変わらぬ背丈の夫が隣にいた。前の結婚が半年で破綻してから一年でまた迎えた結婚式。「せっかく東大を出したのに、離婚した女を迎えるなんて」と、姑は泣いたという。その新しい姑におどおどと目をやりながら、いずれ心を開いてもらえるように努力しようと誓っていた私。

式に父のクライアントの姿はなかった。

花嫁は離婚経験者――、まだ残る「傷もの」という言葉が息を潜めているような中を、腰を低くして相手の親類の間を挨拶して回る母は屈辱に耐えているように見えた。

「ただ不運なだけよ。私だってそうなったかもしれない。変なことを言う人は放っておきましょう」

ただ一人結婚式に招《よ》んだ初子の言葉に心が凪いだ。初子は生まれたばかりの子供を預け、着物の胸に乳が漏れるのを抑えるガーゼを当てて出席していた。

「お義姉さん、よろしく」

下を向いていた私は思わず顔を上げた。夫の三歳下の弟の均《ひとし》が何の屈託もない明るい笑顔で私を見据えていた。義弟は、姑似である丸顔の夫と異なり、父親似のやや面長の顔に穏やかな目、高い背を折って頭を下げた。


父が持っていた北青山の家で私たちは暮らし始めた。家を貸していた外国人がたまたま出て行ったのだった。表参道駅から一本裏道に入った静かな住宅地の百五十坪の敷地に洋間ばかりの四角い二階屋が建っていた。道路から玄関までの数メートル、コンクリートの歩道が曲線を描いていた。両側に植栽はなかった。玄関の反対側、家の南側に芝生の庭があり、塀際に桐や松、梅、楓、白と紫の木蓮などが雑然と並んでいた。

総二階の家は部屋にガラスが多かった。ガラスを磨くようにと夫は言った。大きなガラスだから磨くのは大変だと言うと、夫は毎日一枚ずつ磨けばいいと言った。

「ご主人がガラスを綺麗にしたいのなら、少し時間を取って磨いたら？」

夫との会話を訴えたとき初子は言った。

「二階もあるのよ。ひと通り磨いて最後になったら初めのガラスはまた汚れているわ」

「それでもやらないよりはいいでしょう。大学のモットーは〝奉仕と犠牲〟よ」

「私、家事をするために生きているわけじゃないわ」

「では何のために生きているの？」

初子は私を見た。私は息が詰まった。初子なら一日一枚のガラスを気軽に磨いて家庭は収まるのだろう。

初子の言葉は私に纏いついた。夕食の準備に出来合いのだし汁を鍋に入れれば、初子ならこんぶとかつ節を使うであろうと考えるのだった。

鈴江が祝福の電話をかけてきた。

「鈴江さんって虹の声だね」

鈴江からかかってきた電話を取り次いだときの夫の言葉に、私の胸はざわめいた。私の声はかすれていた。

「ご主人のおっしゃる通りよ。鈴江さんの声は本当に魅力的ね。今度、鈴江さんを招んでご主人に聞かせてあげたら？」

初子はなんの他意もなく言った。私の声を「魅力的なハスキー」と言う初子には分からないのだ。私は鈴江の声に嫉妬していた。では嫉妬するほど夫を愛しているのか。マザーの顔が浮かぶ。私は何でも羨むのだ。ただ鈴江の声が羨ましかった。

そうして鈴江を紹介したときの夫の目の輝きが想像できる。目尻を下げ、頬を緩めて「美しい方ですね」と言うのだ。誰に遠慮するでもなく優雅に微笑を返す鈴江。鈴江にとっては聞きなれた称賛なのだ。気持ちを気取《けど》られまいと頬に必死の笑みを絶やさないようにと私の胸は痛む。

「ご主人様こそダンディでいらっしゃるわ」

鈴を振るような声で鈴江は答える。

初子が言ったように素直に鈴江を紹介できれば、そうして四人で、あるいは初子も一緒に集まればよかったのだ。楽しい生活が生まれただろうに。それでも生来の狭い性格は変えようがなかった。嫉妬は罪。私は罪人、あるいは業が深い。

ひとしきり私は風に乗る。穏やかな流れに映るのは、過ぎた後悔、不思議に今の私の気持ちを乱さない後悔、その先にかすむのは長女の明美、今でも明美のことは分からない。夫なら思い切れるが、明美は思い切れない。愛したのに、大事にしたのに。

明美は息絶えるとき、何を考えていたのだろうか。何を感じていたのだろうか。それとも何も考えず、感じなかったのだろうか。

幸不幸が相補うものだとしたら、子を得た喜びと喪った悲しみといずれが深いのか。

結婚の翌年生まれた明美だった。

長女の明美を抱いたとき、その塊は私の一部だった。明美の僅かの微笑みにも、くしゃみにも、心を震わせた。ただ愛おしく、明美のためならすべてを捨ててもよいと思った。小さい大豆のような爪を載せた指は揃っているのが奇跡のよう。大人の指ほどの細い脚、あるかないかのような口が開いて吸われた乳首の痛さ、その痛さは命そのものだった。ひたすら愛おしい。何より大切な命。抱き締めれば消えてしまいそうな小さな命。

命を抱く嬉しさはたちまち不安と焦燥に変わった。触れば破れそうな口の端に吐いたミルクが溢れれば胃の具合を心配し、お手伝いが哺乳瓶の消毒をいい加減にしたのではと疑い、果ては消化不良で死ぬのではないかと怖れた。泣きやまない明美を誰にも触れさせず、呆然としている私に母も手を焼いて初子を呼んだ。一つになっていた女の子を連れて初子は微笑んでいた。なぜ初子は笑うことができるのか私は不思議だった。「赤子は泣いたり、吐いたりするものよ」と初子は言った。

明るい陽が溢れていた。五月の連休明けの週末は、風まで緑色に染まってゴルフ場に隣接する公園を吹き抜けていた。二歳の明美のあとを追う私のオレンジ色のフレアスカートが芝生に舞って、おなかの子のために履いたベージュ色のローヒールの足に絡む。明美の先を走るのは初子の娘の三歳のあゆみ。二人を追って初子の青いワンピースもひざ上で揺れた。

夫二人がゴルフに興じる間、初子と私、それぞれが子供を追う昼下がり。キャッキャッと叫ぶ幼児の声、ああ、私にも太陽のような時を経験することがあったのだ。あのころ、何が幸せかなど考えたこともなかった。

今の私は幸せなのだろうか。私のどこにも苦痛がない。思い出が心を刺すこともない。これも幸せなのか。少なくとも気持ちは穏やかだった。ただ断片的な記憶が頭をよぎる。

明美が死んだ。

ガラス戸だけの広い居間に上がる敷石の角に血が流れていた。二階の明美の部屋のバルコニーの真下だった。

明美が大学二年生に進学する春の早朝、二階の部屋からの仄明りの中に白木蓮が浮いていた。自殺だと私は直感した。一方で、夜の闇に浮く木蓮を眺めているうちに花びらに触れようとして手を伸ばし、手すりから滑り落ちたのだと思いたい気持ちもあった。明美の死に私は責任があったのであろうか。

いじめられていたと友人の間の噂が流れてきた。どのようないじめであったのか。私に追及する気力はなかった。

いじめは初めてではなかった。無理な受験はさせたくないと考えて入れた小学校でいじめは始まった。「お母様」という言葉をからかわれたと言っていたが、原因は分からなかった。男の子に帰り道を妨害されて泣いて帰っていたのも数回ではなかったが、「可愛いから男の子がちょっかいを出すのでしょう」と先生は言った。

中学は私立大附属の中高一貫の女子校に入れた。

プールの水の中に引くひとすじの血。プールサイドではやしたてる友人。タオルで頭を覆い、腹を押さえて着替えに走る明美。明美が高校生になったとき、友人から中学時代のいじめを聞かされた。靴を隠す、教科やクラス行事の予定を知らせないなど、たわいのない意地悪のほかに、生理をからかうものまであったとは。

知らなかったとは母親失格だと、どれほど悔やんだことか。明美の気持ちを考えるたびに私は体が引き裂かれた。そんないじめがあったなど、何も知らなかった、何も聞かなかった。考え直せば、用心深く心配性だった明美が生理中に泳ぐなど不用意なことをするはずはないと心の奥で声がした。確かめたかったが、暗い表情で口をつぐんでいる明美に問うすべはなかった。

明美が大学に入ったとき、もう大人、これでいじめからは解放されるであろうと、全く気を許していた。どの世界にもいじめがあることに、なぜ思い至らなかったのだろう。大学になっても新たないじめは続いていた。それでも、たとえ気づいたとして、防ぐ手立てはあったのだろうか。明美の映像がかすかに揺れる。いじめだけが明美が命を絶った原因だろうか。

「明美さんのこと、順さんと同じに考えてあげて。二歳しか違わないのよ。明美さんもママに甘えたいのよ」

夢中で順のことを語る私に初子が言ったことがあった。

私は口をつぐんだ。順に夢中になっているわけではない。ただ可愛いかった。私が順に夢中に見えるのなら、初子は女の子一人、男の子がいないから分からないのだ。明美のあと二年後に順が生まれ、すでに幼児になっていた明美と比べて赤子の順に私が夢中になったことは自然のなり行きではないのか。

風呂上がりに裸で逃げ回る順。湯上りタオルを持って追いかける私。手を上げ、声を張り上げ、部屋の隅に置いたポトスの間から母の顔色を窺い、その顔に微笑みを見るとまた走る。その愛らしさは、ルネッサンス時代の教会の天井に描かれたフレスコ画、カソリックの本の挿絵にある天使の姿そのまま。よろめく順の脚がひざから折れると、私はようやく小さな体を捕まえる。タオルの中で暴れるキューピッド。キューピッドがわが手にあるとは何という恵みであろうか。

キューピッドに私の注意が向いたとしても、明美を軽んじたわけではなかった。それでも明美の目には母に軽んじられていると映ったのかもしれない。深い淵の水底にある水藻の存在を水面から見つめるように、明美は私の気づかない心の奥を覗いていたのだろうか。

「私、この家の子供?」と見上げた明美の表情に、「何を言うの」と一顧だにしなかったのは私の不注意だったのか。「弟には譲りなさい」と繰り返し言い過ぎたのであろうか。

私の目には明美より二歳下の順が、中学になっても幼く頼りなかった。いつも素直で、中学生になっても反抗期がなかった。朝、弁当を渡すとき、「ありがとう」と見返す順の目を見つめるときの幸せ。夫との感情の行き違いも順を見れば忘れた。夫のシャツにアイロンはかけなくとも、順のパンツにはかける。かけ終わってもただただぼんやりとアイロンを上下する手つきが繰り返される。

明美は中学になると口数が減っていった。夫は順を可愛がったが、明美には冷たかった。明美も夫を避けるようになった。顔を合わせると黙って目をそらし、夫の使った洗面台はタオルで神経質なほど拭き取ってから使った。その姿は、夫と同じタオルを使いたくもない私自身を想い起こさせ、私を苛立たせた。夫は男として魅力がないというのか、明美が見返す目まで軽蔑の色を帯びているように見えて、姿を消してほしいとさえ思った。一方、その目の暗さに思わず「明美」と呼びかけ、抱きしめたい衝動に駆られることもあったが、それでいて声は出なかった。

箱根、仙石原の宿。石楠花が今を盛りに裏庭を埋めていた。

「ねえ、ママ」

高校生の順の澄んだ声が掛け流しの湯の流れを背景に響く。

「これ山菜っていうの？　おいしいね」

順は塗りの膳に置かれたこごみの煮付けを箸でつまむ。箸の遣い方がぎこちない、人差指と中指が固まっているのは幼いころからで、いくら注意しても直らなかったのだが、そのぎこちなさがたまらなく可愛い。あどけなさを残す横顔。順といる空間はこの上なく満ち足りていた。

しみ一つない張りきった肌、問えば見返す真剣な目、夢で追ってきた男性そのものだった。現実にはいなかった男性、いたとしても振り向いてくれない。でも順は違う。夫も見せない眼差しを「ママ」という温かい響きとともに向けてくれる。私は捨てられることのないオフィーリア。

順を連れて箱根へ行く週末はただ胸がときめいた。夫は何も言わなかった。父と口をきかなくなった明美と夫を二人残していくことに、何の疑問も感じなかった。ただ順と出かける時間が嬉しかった。何も言わずについて来る順がひたすら愛おしかった。

幼いころに足に纏いついた手がそのまま「ママ」と背に掛けられる。私を抱えることができるくらい上背がある順の挨拶のような手の感触。その手が伸びる予感で私の胸は震える。心は感喜に包まれる。この一瞬でよいのだ。欧米ならキスができるのだろうに。母のキスを待つ息子のように私は順を待つ。私との触れ合いを求める順の優しさ、誰からも期待しなかったのに与えられた天使の抱擁。

部屋に敷かれた二つの布団の奥に、すでに寝息を立てている順を見下ろしながら私は洗面所に立った。鏡に映る自分の顔のなんと貧しいこと。瞼が下がり始め、ただでさえ細かった目が薄い。あごを上げれば首に目立つ縦筋に横皺まで通る。若いころ週に一度は整えていた髪は引き詰めて手近の茶色いスカーフで結んだだけ。化繊の長いスカートにTシャツをだらしなくかぶっている。流行の靴もバッグも遠い昔の物語。頭の中からは詩も小説も消え失せ、繰り返し弾いていたモーツァルトの協奏曲が僅かに頭の隅に響く。講演会も音楽会も映画も、最後に行ったのはいつのことか。不眠になってからはすべてが億劫になっていったように思われる。

鏡に整った髪と衣服の女性が映る。

「お義母様」――、母とうまくつきあう義姉のいつもの声。都市銀行の副頭取の娘で父の地盤を継いだ兄と結婚した。娘二人を育てながら奥様仲間の社交に忙しい。義姉に会うのが億劫で兄とも疎遠になっていた。

義姉に入れ替わるように現れたのは、後頭部を膨らませた髪にリングのイヤリングが揺れる華やかな笑顔、鈴江の顔。相変わらず手入れを怠らず、「お若い」という賛辞に温められて鈴江の頬はさらに輝き、皺すらも華やぐ。

銀座七丁目の画廊。初子と待ち合わせて訪れた鈴江の個展。題材は「ヴェニス」。運河に揺蕩《たゆた》うゴンドラ、建物に響き合うバルカローレ、乗客は鈴江ではなかろうか。チップをはずみ、漕ぎ手は東洋の美しい女性客に自慢の喉を披露すると、周囲の目が鈴江に向かう。アーチ型の橋の上には華やかな色彩が溢れる仮面の行列、豪華な衣装に包まれた婦人たちの歓声、あれは鈴江の世界、鈴江は今年も個展を開くのであろうか。

医者と結婚した鈴江は、子供が手を離れると有名画家の個人教授を受けて画家になり、数年ごとに銀座で個展を開いていた。大学の同窓、絵画仲間、大勢が集まる。茶菓を摘みながら戯れる友人たち。新調の衣服や流行《はやり》の小物をさりげなく競い、話題は順調に出世する夫、有名校への受験に忙しい子供、「出来が悪くて」という言葉も楽し気な謙遜だ。

本人が仕事を始めた者もいた。大学教授、医師、弁護士、公務員、あるいは団体役員、席にいない知人の活躍は倍化されて眩しい。

その中で一人、必死に微笑みを浮かべる私。私には誇るものが何もない。夫は平凡、引きこもる明美、受験勉強に無関心な順、どこで違いができてきたのであろうか。

「あなたこそ恵まれていらっしゃるのに何をおっしゃるの。ご両親がまだ生きてらして、真面目なご主人に子供、不自由ない生活。それ以上何があるの？　世界には戦争や災害で家族を失ったうえ、難民になる人が大勢いるのよ。自分が恵まれていることを数えて感謝して暮らすものじゃないの？」

あれも初子が言ったこと。私と同じ弛み始めた瞼の下で目は生気を放っている。初子は子供の手が離れてから大学に戻り、短大で教え始めた。生徒相手の真面目な生活が初子の顔を引き締め、知性を溢れさせる。同じように大学を卒業し、なぜここまで違った人生に行き着いたのであろうか。

目を上げて正面を見つめた鏡に映る顔は歪んだ。歪むとさらに醜くなった。目をそむけたくなる顔、知性も美しさも失った顔、あるものを留めようとする努力すらしない顔。どんどん汚くなっていく私。どこまでも醜くなっていく。どこまでも堕ちていく。

ふと私の顔の上に髪を引きつめた老年の女性の顔が重なる。きちんと紬を着て、頭を上げ、皺の間の目に譲らぬ気迫を見せる女。ああ、はじめの夫の姑。その目がゆっくりと私を見つめる。私よりはるかに気力がある。肌に張りがある。櫛の跡が見えるかのように引き詰めた髪には威厳すらある。この人を相手に私は争ったのだろうか。

元夫が札幌支店長から本社に戻ったと風の噂に聞いた記憶がある。栄転だったのか、仲人が言ったように順調に出世の階段を上っているのだろうか。再婚はしたのだろうか。なぜ噂にしても、望んで別れた人の消息が耳に入るのであろうか。

しんとした静寂《しじま》の中に、水の流れに混じって梟《ふくろう》のような声がかすかに聞こえる。

——高校生にもなろうという息子と二人だけの旅行はあまり聞いたことがないのではないこと。

箱根行きを告げたときに遠慮がちに言った初子の声がした。顔は曇っていた。初子は何を批判していたのか。

鏡から目をそらすと、部屋に戻り私は床に座った。順の静かな寝息が聞こえた。平和、平穏、全身の力が抜けた。これが私が得た満ち足りた生活。落とした照明のなかに順の寝顔が浮かぶ。初子には分からないのだ。幼いころと同じ純真な寝顔を見せる順の愛おしさが。その目は私の弛みも皺も見ず、気配りのない格好にもとらわれず、ましてや知性など要求しない。私の中にただ母を見る順の貴さが分からないのだ。ただひたすら母を慕う純粋な愛。多くの子供がやがて失う愛。その愛を私は受けている。

初子の声の間を黒いベールがよぎる。マザーの目が見える。私がスカートの裾を抜け出したときの青い目。しばらく私は声に包まれ、目にさらされる。やがて心の底から忍び寄る声がする。

たとえ他人には異様に映ろうとも、順の愛は私にはほかのあらゆる不本意を補ってくれる。愛に応えてくれる息子を持った私の誇りと幸せは誰も奪うことができない。誰も共有できない私だけの特権。順を思うとき私は幸せに満ちている。どのような自己実現も、夫の愛も及ばない純粋で深い愛。生んだものをそのままにいつまでも抱き締めている幸せ。

私が与えた順の血は私の命を癒してくれる。これを原罪というのなら、人を原罪とともに創ったのは神ではないのか。明美は私の原罪で死んでいったのだろうか。

梟の声がかすかに響いた。涙が頬を伝っていた。

青山の自宅で窓際に置いたテーブルをはさんで、私は初子と向かい合っていた。ほぼ一年ぶりだったが、初子は色づき始めた紅葉に目をやっていた。テーブルの上には私の作ったジュースがほとんど手をつけられずに載っていた。

めずらしい訪問だった。順の話をすると初子が何となく警戒するような目を見せるのが私を初子から遠ざけていた。初子の眼差しが鬱陶しく思われた。それでも義弟の均と義妹の話を聞いてもらえるのは初子しかなかった。

均と義妹は私の胸を熱く、息苦しくする。その話を聞いてほしい。初子に聞いてもらえたら、あたかもスポンジが水を吸ってなお表面が乾いているように私は楽になるのだ。

「明美さんはお元気？」

予想通り初子は切り出した。

「暗い顔をしてますけど、大学には行っています」

ひと通りの返事をしながらは私の気持ちはひたすら均に浸っていた。

青空に均のやや緊張した明るい顔が広がった。軒先にかけた梯子に上って手を差し伸べる均に私は下から釘を渡す。

器用に日曜大工をこなすので、夫に頼まれた均は青山の家の修繕に訪れるようになっていた。

結婚式で初めて声をかけられたときから、均の笑顔が私の心にあった。均が訪れるとき、私はあれこれ心を砕いて昼食を用意した。勧めると均は料理を皿に取り分けてくれ、味つけや盛りつけを褒めてくれた。均が現れるのを私はいつしか心待ちするようになった。

「家にも均に頼みたい仕事があるのよ」

やがて義妹の不平が聞こえてくるようになり、義弟が来る日には義妹がついて現れるようになった。

「お義姉さん」

均の澄んだ声に動悸を押さえて振り返る静かな瞬間、その時間が義妹の出現で消えた。

「義妹は私に見せつけるように義弟についてまわるの」

私は夢中で訴える。初子だから、大学のころからの親友だから聞いてくれるはずなのだ。

「人の家に来てなぜ義弟について回るのでしょう」

私は続ける。

「〝均は私の料理をいつもおいしいって言って食べるの〟って、義妹は料理が苦手の私を見透かしたように言うの。なにも私に当てつけなくてもいいでしょう。帰りには義妹は私に見せつけるように均と腕を組んで出て行くの」

私には分かるのだった。均は本当は義妹を愛していない。均は優しいので妻を大事にしているだけなのだ。実は決してうまくいっているわけではない。義妹は均の好きな糠漬けを手が臭うからと漬けないという。私なら毎日でも糠床を掻きまわすのに。均は私に好意を持っている。そうでなければあのような優しい眼差しを向けるはずはない。

「義妹さんが貴女を警戒するのは仕方ないでしょう。そんな性格の方なのだから。それに……」

初子は言った。

「義妹さんも貴女が知らないところでご主人の気持ちを摑んでいるかもしれないでしょう。生意気かもしれないけれど、義弟さんもいやでないから一緒にいるのでしょう。それなら勝手に他所《よそ》から不和などと言わない方がいいわ」

初子の言葉は水に浸した苔のようにひやりと心に触れた。

「それより貴女にもご主人がいらっしゃるでしょう。ご主人を大事になさったら。それこそご主人の好きな料理でも作って」

初子は理解していない。愛するから料理も作りたくなるのだ。夫を愛するために料理を作るのではない。

「おふくろは料理上手だった」とよく夫は言った。「幼いころの妹は食べたいほど可愛かったなあ」とも言った。私のことは言ってくれない。

「家族が自慢だなんて、よいご主人ではないの？　大事になさったら」

初子の言葉に思わず目頭が湿った。

良いご主人？　私は夫が嫌ではないのだろうか。

「主人はしつこいの。紳士のような顔をしていながら寝室のドアを閉めると動物みたい。いやでいやで。でも最後にそれほどでもなくなるの。そのことがまたいやで」

意外な言葉が口から出ていた。ひたすらの恋ならそんなことはないだろう。オフィーリアの恋が実現したら私はただ美しくいられる。

初子が顔をそむけた。初子の心は手に取るように読めた。

（なんでそんなことをおっしゃるの？　友人の間でこんなはしたないことをいう人などいなかった。貴女はなんと変わったことか）

初子は庭の紅葉をただ眺めている。紅葉の葉は美しく赤を見せ始めたのからまだ青く黄ばみかけたものまで、そうして枯れて虫に黒ずんだものもある。初子はどれを見ているのだろう。

隣のキッチンでことりと音がした。

初子の顔色が変わった。

「明美さんはどちら？」

囁くような声だった。話題を変えられて私は戸惑う。

「部屋だと思うけど」

初子は私の返事を聞いていない。耳を澄ませている。

「お隣はいいの？」

隣の部屋に目を流して初子がつぶやいた。明美が身を縮めて潜んでいるかも知れないという
のか。沈黙が続いた。もしかしたら気配は均ではないのかと私は思った。均の声を追うように
私は耳を澄ませる。耳にするだけで体が震えるその声。
「私、失礼するわ」
突然初子は言って立ち上がった。意味がよく分からなかった。初子はバッグを抱えた。
「私を置いていらっしゃるの？」
私も立ち上がった。振り向いた初子は私の目を見た。初子の目が潤んでいるようで私の足は
貼りついた。
「明美さんの気持ちを考えたことがあるの？　私ならどんな感情も殺して子供の気持ちを守る
わ」
声が出ない私を初子はしばらく見ていた。私も初子を見返していた。
明美が気づいたらどんなに傷つくことか。親としての責任はどうなるのかと問われていた。
母親の義弟に対する感情に若い娘がどれほど傷つくことか。
娘時代に男性とのつきあいはなく、結婚してからは貞節が務め、夫より他の男に目をやるこ
とはないものと親は教えたはずではなかったか。
それでも均の目を見れば親の教えが私の本能に反していることが分かる。均を見て私は初め
て男性の中に好きな人がいることが分かった。それは京子に対する感情とも異なっていた。娘

時代に体を投げ出したい人に会いたいと思ったその人なのだ。私は均に振り向いてほしい。そうして今の均は今しかいない。

明美がそれを理解しないとしたら、明美が冷たいということではないのか。なぜ初子は私より明美の心情を慮《おもんぱか》るのか。

初子は静かに体の向きを変えると玄関に向かってゆっくりと静かに歩きだした。その動きはキッチンの様子を確かめているようにも見えた。

明美が死んだのは半年後だった。

明美の死を事故とする警察の調書を虚ろに眺めて一か月が過ぎた。悲しいのか悔しいのか分からなかった。ただ空虚だった。均を見ても何の感情も湧かなかった。途切れがちだった夫との会話もほとんどなくなった。夫が調剤してくれる薬だけが夜の眠りを保証してくれた。

もともと少なかった明美の友人の訪れが途絶えると、家は空き箱のようになった。居間の暖炉の上に黄色のブラウスを着た明美の遺影だけが太陽のような笑顔を見せていた。ゴルフ場の芝生で見せていたあの笑顔の光そのまま、遊ぶために生まれた子供と、子供を眺める親の喜び、あの光はいつ消えていったのだろう。

初子が訪ねてきた。初子は暖炉の遺影のそばにスイートピーと百合を置くと黙って明美の写真を見つめていた。口を閉じ、目に涙があった。固い頬は私を非難しているように思えた。

「明美さんが可哀そう」

初子の目の涙が頬を伝わった。私はかすかに嫉妬を感じた。初子は私以上に明美に同情しているのだろうか。

半年前に初子が訪ねて来たことを私は考えていた。あの時の会話を初子は思い出しているのだろうか。それなら、私が均のことを訴えたことを覚えているだろうか。私たちはまた窓際の椅子に座った。テーブルにはそのときと同じグラスに同じジュースがあった。初子が手をつけないのも同じだった。

「ご主人はお元気？　順さんは？」

ありきたりの話のあと、初子は紅葉の細い枝の根元が芽吹いたばかりの緑を見せているのに目をやっていた。沈黙が続いた。

「私、睡眠薬が、手離せないの」

私は口を開いた。初子は答えなかった。

「私なぜ明美がこんなことになったのか、分からないの」

初子に口を開かせたくて私は言った。初子は静かに庭から目を移すと正面から私の目を見た。

「明美さん、貴女から逃げたかったのではない？」

私の頭に血が逆流した。

「ひどいこととおっしゃるのね」

反射的に私は言葉を返した。これが明美を喪った私に投げる言葉であろうか。あの太陽の笑顔、マシュマロより柔らかく、つきたての餅より温かく、抱き締めれば消えそうだった明美。真剣に愛した明美、その明美が私から離れていくなど。私のどこが悪かったというのであろう。

初子は能面のような表情を傾けると椅子の上のバッグに手を伸ばした。斜めに光を受けた顔は一切の妥協を許さない厳しさを見せていたが、そのまま、バッグを取り上げた顔は普段の穏やかな表情を浮かべ、何事もなかったかのように居間を出て行った。その背中はほっそりと小さいのに固く、二度と振り返りはしなかった。

大学に入ってすぐ、十八のときに出会って以来三十年、いつも私の心の端に貼りついていた姿が門のかげに消えていくのが見えた。何の感慨もなかった。もう私はわたし——、と心が言っていた。

明美がいなくなっても夫があまり悲しんでいないように見えることが、私の苛立ちを激しくした。神経が立ってくると食事のときの夫の口の動かし方が気になり、新聞を投げるように渡すことまでが頭痛を引き起こし、動悸がするようになった。夜は眠れない。

夫は少しずつ睡眠薬の量を増やしていった。薬はわずかな平安をもたらし、夫への苛立ちも薄らいだ。

薬を飲むことと順を眺めることが慰めだった。順は受験勉強をしているようには見えなかった。夫は心配して順を問いただすことはあったが、順は黙っていた。順の大学も将来も私の関心から消えた。幼いころ、いずれ東大をと考えていたのが別の世界のようだった。息子が一流大学に進んだことを誇る気力もなくなっていた。学歴など人間の幸せに何の役に立つのであろう。

一人ぼんやりと庭を見ていると芽吹いたばかりの紅葉の葉が泣いているように見えることがあった。全身が総毛立ち、胸が苦しくなった。なんで生きているのであろう。自分の一生は何だったのだろう。このまま無為のままどんな死にかたをするのだろう。死ねばすぐに忘れられる。生きたことも消えてしまう。

私は友人に電話をかけた。

「まあお元気?」

相変わらずの友人の声を聞くと失くしていたはずの見栄が頭をもたげ、忘れていた言葉が蘇る。高価な手刺繡を施したクッションが押され、触られ、使い古されてもどこか偶然に人の感触を逃れて新品のときと同じ色つやを残しているように、その僅かな鮮やかさだけを私は伝えようとした。

家族は息災、稽古事で忙しい。息子の受験で外に出にくいけれど、マチスの展覧会はよかった。あなたもご主人が役員になられたとか、順調なご昇進ね、ご両親はお元気？　はじめは久方ぶりのめずらしさに弾んでいた会話もすぐに尽き、友人は切り上げるタイミングを探る口調になる。何か話の接ぎ穂を探すといつも心にある影が姿を現す。

「ところで鈴江さんはまた個展の準備かしら？　相変わらずお綺麗なのでしょう？」

突然に話題が鈴江に及び、友人は戸惑う。

「鈴江さんに直接お聞きになれば。ご用はなに？」

「特にないのよ。お元気で安心しました」

とりつくろって電話を切ると、胃の奥から寂しさが湧き上がる。そのまま私の手は鈴江の電話番号を回していた。

「今度の個展は銀座七丁目で、期間は一週間なの。思いがけず安く借りられて」

昼間はほとんど家を空けている鈴江の声がめずらしく電話の先に響いた。

「会場費なんておかまいないでしょうに」

「とんでもない、作品の販売だけでは賄いきれないし、やりくりよ」

友人から聞いていた話をひと通りなぞると話題はない。

「申し訳ないけど今から出かけますので」と恐れていた言葉が続く。友人との会合か、音楽会か、買い物か。鈴江はなぜいつも楽しく暮らせるのであろうか。

「またね。お目にかかるのを楽しみに」

夫が表現した「虹の声」が余韻を残して、私は取り残される。

電話帳をめくり、かつて親しく、今では年賀状だけのつきあいになった人にもかけた。ひと通りの挨拶のあとは話題もなく、話はつい初子の裏切り、冷たさに向かう。

「ひどいことをおっしゃるのよ」

明美が私から逃げたなどと、あのとき感じた血の逆流が思い返される。

相手はまず驚き、それから「まさか」と続く。体中が不安と満たされない思いで悲鳴を上げそうなときに、それを伝える言葉はただ少なく、弱い。どうしてすべてが愚痴と不満になるのだろう。

「何をおっしゃりたいの？」

最後にくる言葉が続く。私に言いたいことがあったのだろうか。

やがて友人の間で私の電話が評判になった。

「夜遅く電話をかけてらして困るの」

「それもなかなか切れなくて。彼女、いったいどうなさったの？」

電話は短く、夜は九時まで。学生時代の常識はまだ共有されていた。

「お嬢さんを亡くした悲しみは分かるけど、同じことを毎回訴えられても、返事に困ってしまうわ」

「お友達の非難をなさるの。冷たいとか、話を聞いてくれないとか。それも相手はあんなに近しかった初子さんとはね。彼女の方がおかしいのではない？」

「変わられたのね」

親に護られて大学に通っていたころの私を覚えている友人たちは、半信半疑で噂を広げていく。噂のつまりはいちばんの謎、明美の話に行き着く。

「お嬢さん、なんで亡くなったの？　ご病気でもないでしょう」

学生のころは良き友人だと取り巻いてくれた人たちの輪がたちまち途切れた。その中でひとり熱心に私が電話を切るまで相手をしてくれたのは里山友子だった。

友子は学生時代、別のクラスだったが、私を見かけるとなにかと話しかけてきては私の服や持ち物を褒めた。嬉しさと気恥ずかしさで聞き流していたが、やがて父が叔父と事務所で共有していたトヨタ車のことを「自家用車を持つ家だ」と喧伝していることを知り、つきあいに距離を置くようになった。家に招いたこともなかったが、その友子が熱心に私の不幸に耳を傾けてくれるのだった。

友子は薬のことを特に熱心に聞いた。依存症にならないように薬は増やさないほうがいいと言った。

「友子さんに薬を減らすように言われたわ」

私は夫に言った。

「眠れないと騒がないのなら、いつでも薬はやめてほしいよ。正直、憂鬱で荒れた顔を見るのは辛いんだ」

夫は顔をしかめた。明美が引き継いだ丸い目はかつては笑っていた。あの笑みを見なくなってからどのくらい経ったであろう。その目に、私の振り乱した髪、据わった目、それがどんなに不快に映るのか。私は顔をそむけた。

なにより眠りたかった。薬が増えるにしたがって頭が働かなくなり、情緒は安定する気がする。眠りを助けてくれるのなら、それが夫の愛情に違いない。

私は開いているとも思えぬ目を閉じる。

仏教では人は死後四十九日で成仏する。カソリックでは死はそのまま神の手に戻る。私はどうなのだろう。天国に行くとは思えず、あるはずの仏は見えぬことが悩ましい。生とも死ともつかぬ状態、ただ映像ばかりがとりとめなく流れていく。何の判断も評価もない。

映像は過去ばかりではない。私が死んだ後の世界が過去と同じ明瞭さで浮かぶ。玉《ぎょく》が様々な色に多様な模様を描かせるように、過去は未来と身を擦り寄せ息を合わせて混じり合っている。目黒駅から大きな通りをわずかに入った古刹の日照寺、私の死後三日目に行われた葬式があたかも過去の一場面のように通り過ぎていく。

顔を上げない父、兄夫婦、二回りも小さくなり畳を這うような母。

――あなたが生まれたとき、本当に嬉しかった。可愛い小さな女の子。

幼いころに母から聞かされたとき、私は全身を幸福感に包まれた。嬉しさに顔を伏せた。あの喜びのままなぜ生きられなかったのか。今、私が死を迎えて自分の人生の辻褄が合ったと感じる平穏が、母にも与えられるのであろうか。神が人を創ったのなら、神は誰にも公平に辻褄を合わせなければならない。そうでなければ私の人生の辻褄も合わない。

中空に上った月を雲が霞のように覆っている。本堂に向かう石畳に枝を伸ばすのは萩。薄絹を通すような月の光が萩を照らしてそのまま本堂に伸びる。黒のスーツや単衣の喪服の友人たちが、あたかも怖い舞台の幕開けを待つかのように肩を寄せ合っていた。ひそひそ話す者もいない。

なぜ私の死がこれほど明るさを拒絶して迎えられなくてはならないのであろう。

天を覆う枝で太陽を遮られた深い森でも、たまの嵐に揺れ動いた木々の間から漏れた一瞬の日差しが、地面を覆った落ち葉の重なりの隙間を縫って芽吹く緑に落ちることもあるだろうに。

私にもほのかな月の光ばかりでなく、太陽の木洩れ日、いや全身を温める陽もあるのだ。順の愛、それが世間的には異様でも私の人生の辻褄を合わせてくれた。

それなのに……。参列者は夫の声で驚愕する。

「妻が亡くなった翌日、順が自殺しました」

夫の頭がガクッと落ちた。

枕元に飲み残した薬の袋。手の上に突っ伏した順の横顔が、いま目の前で起こっているかのように広がる。大学にはほとんど行かず、部屋にこもっていた順は私を追ってきたのだ。可愛い順。今度こそ抱きしめよう。幼いころのように。産んだ者を抱いて私は完結する。

夫は顔を上げない。夫にとって私を喪ったことは何だったのだろう。持て余した妻が消えて解放されたのだろうか。それとも若いころの名残りの細胞がなお昔の記憶を蘇らせるように、助けることができなかった命を思い悩むのであろうか。夫の人生の辻褄はどこで合うのであろう。

「現在警察が調査しています」

頭を下げたままの夫の口から言葉が漏れる。

雲が厚みを増し、柘植《つげ》の植え込みが不気味に立ちはだかる石畳を伝って、声を失った参列者たちが何ものかから逃れるかのように本堂から出て行く。

「一体どういうこと?」

「まさか、息子さんまで」

明るい通りに出ると堰を切ったように友人たちのささやきが溢れた。

「あと追い自殺なの?」

声は次第に高くなった。

「信じられないけど、やはりね。彼女、何しろ可愛がっていらしたから」

「いくら可愛がられたからといって、母親のあとを追うなんてことがあるのかしら。理解できないわ。逆なら分かるけど」

　あれは鈴江の声。

「この間はお嬢さん、今度は奥様と息子さん。ご家族皆亡くしてご主人、どうなさるのでしょう」

　一段と高く友子の声がした。

「それにしても初子さん、どうなさったのかしら。あんなに親しくしてらしたのに」

「ショックが強すぎたのではないかしら」

　誰も答えない。

「初子さんが冷たいと電話をいただいたことがあったわ。もしかしたら最近仲が悪かったのかも」

　低く別の声がした。

　残る人に私の死はどのように映るのであろう。私の死は友人にとって、それぞれの人生の辻褄と関わったのであろうか。

　雲が流れた。月が半分鮮やかな橙色《だいだいいろ》に変わっていたが、市街の灯の下で友人が見上げることはなかった。

「貴女はいらっしゃらなかったわね。なぜ？」

目を見開いた友子の顔。友子は初子を電話で問いつめている。かつて私が思いつくだけの友人に電話をかけ続けたように、友子は私が親しくしていたと考える人たちに電話をかけている。

「私、これ、殺人だと思うの。彼女が死んだら、誰が得するでしょう。子供はいない。青山の家もほかの財産も、すべてご主人のものでしょう？」

初子は答えない。

「ご主人は薬を処方していたのよ。ご実家が薬局ですもの。何でもやれるわ」

誘導するような友子の声が続く。

「彼女から聞いたのだけど、ご主人は薬をどんどん増やしていったのですって。これ、計画的じゃない？」

しばらく沈黙があった。

「何をおっしゃりたいの」

いつもの水を張ったような初子の口調だった。

「貴女は彼女と親しくしてらしたからどうお考えになるかと思って」

戸惑うようなくぐもった友子の声がする。

夫はどうするのであろうか。これまでの人生に区切りをつけたければ勤めを辞め、家財を整理して、事業でも始めるのであろうか。不思議に何の感情も起こらない。並行して流れる川が互いに堤防で遮られて見えないように、隣にどんな川があろうが気にならないように。

雲間に流れる水晶玉、淡いベージュにブルー、ピンク、色の違いは聖女の気質だろうか。私の色は何色だろう。透明な風が吹いてロザリオが散った。私も散る。

記憶の映像が途絶えたとき私は消える。風か雲になって宇宙を巡るのだろう。

善人の上にも悪人の上にも、陽が照るなら風も吹く。「悪人正機《あくにんしょうき》」という教えもある。ならば私の平穏さがその証だろうか。今の穏やかな気分は幸せとは何かを教えてくれる。私ばかりではない。おそらくすべての人にとって、たとえ生まれてすぐに殺されても何らかの辻褄合わせがされていると信じたい。その数えきれない人々と合流するために私は眠る。なんと美しい宇宙であろう。

高倉やえ（たかくら　やえ）

1937年生まれ。
1959年　東京女子大学英米文学科卒業。結婚。
1983年　同時通訳者養成学校アイ・エス・エス（現・アイ・エス・エス・インスティテュート）卒業。以後、会議通訳者として働く。
2015年　第１回林芙美子文学賞佳作受賞（「ものかげの雨」）。
2016年　「早稲田文学 2016年夏号」の〈各種新人賞受賞者競作〉に、「クワエクンケ スント ベラ」を発表。
2017年　「みすず」12月号に小説「夢の先の命」を発表。

著書に、『天の火』（梨の木社）、『星月夜』（角川書店）、『雪の朝』『紅い海』（角川文化振興財団）ほか。

ものかげの雨《あめ》

初版発行　2019年 3 月20日

著　者　高倉やえ
発行者　宍戸健司
発　行　公益財団法人 角川文化振興財団
〒102-0071　東京都千代田区富士見 1-12-15
電話 03-5211-5155
http://www.kadokawa-zaidan.or.jp/
発　売　株式会社 KADOKAWA
〒 102-8177　東京都千代田区富士見 2-13-3
電話 0570-002-301（カスタマーサポート・ナビダイヤル）
受付時間　11時～13時 / 14時～17時（土日祝日を除く）
https://www.kadokawa.co.jp/
印刷製本　旭印刷株式会社

電話 049-259-1100（土日祝日を除く10時～13時 / 14時～17時）
〒 354-0041 埼玉県入間郡三芳町藤久保 550-1
 ISBN 978-4-04-876504-6 C0095